Нахлебники

契诃夫小说选集

А. ЧЕХОВ

食客集

〔俄〕契诃夫 著

汝龙 译

人民文学出版社
PEOPLE'S LITERATURE PUBLISHING HOUSE

图书在版编目（CIP）数据

契诃夫小说选集. 食客集/（俄罗斯）契诃夫著；汝龙译.—北京：人民文学出版社，2021
ISBN 978-7-02-012931-7

Ⅰ.①契… Ⅱ.①契…②汝… Ⅲ.①短篇小说—小说集—俄罗斯—近代 Ⅳ.①I512.44

中国版本图书馆 CIP 数据核字(2017)第 136035 号

策划编辑	张福生
责任编辑	李丹丹
装帧设计	刘　静
责任印制	王重艺

出版发行	人民文学出版社
社　　址	北京市朝内大街 166 号
邮政编码	100705
网　　址	http://www.rw-cn.com
印　　刷	三河市博文印刷有限公司
经　　销	全国新华书店等
字　　数	93 千字
开　　本	787 毫米×1092 毫米　1/32
印　　张	7.625
印　　数	1—3000
版　　次	2021 年 4 月北京第 1 版
印　　次	2021 年 4 月第 1 次印刷
书　　号	978-7-02-012931-7
定　　价	31.00 元

如有印装质量问题,请与本社图书销售中心调换。电话:010-65233595

目　　次

食客 …………………………… 1

阿莉阿德娜 …………………… 14

带阁楼的房子 ………………… 67

受苦受难的女人 ……………… 105

狮子和太阳 …………………… 118

唱诗班歌手 …………………… 127

神经 …………………………… 139

捉弄 …………………………… 148

活商品 ………………………… 158

食　客

小市民米哈依尔·彼得罗夫·左托夫,一个七十岁左右衰迈而孤单的老人,在寒冷和老年人那种周身筋骨痛中醒过来。房间里乌黑,圣像前面的长明灯已经灭了。左托夫撩起窗帘,看看窗外。布满天空的云层已经开始转成鱼白色,太空变得澄清,可见现在至多也不过四点多钟。

左托夫喉咙里咔咔地响着,咳嗽几声,冷得缩起身子,下了床。他按历年养成的习惯在圣像前面站住,祷告很久。他念完《我们的父》、《圣母》、《我信仰》,提到一长串的姓名。至于这都是谁的姓名,他早已忘却,只是拗不过习惯才念一遍。他同样遵照习惯打扫房间和前堂,然后给他的小茶炊生火,那小茶炊是红铜做的,粗壮,安着四条腿。要不是左托夫有这些习惯,他真不知道该怎样来打发他的老年了。

生上火的小茶炊慢慢地燃旺,忽然出人意外地叫起来,发出颤抖的男低音。

"哼,叫起来了!"左托夫嘟哝说,"你叫吧,早晚叫你倒霉!"

这时候老人连带想起昨天夜里他梦见了火炉。梦见火炉却是一种凶兆。

只有梦境和预兆还能促使他思考。这一回他特别热心地左思右想,一心要解答他的疑问:茶炊为什么叫呢?火炉预告什么可悲的事呢?一开头,梦境就应验了:左托夫洗好茶壶,要煮茶,却发现他的小盒里一丁点儿茶叶也没有了。

"苦役般的生活哟!"他埋怨道,用舌头把嘴里的一小块黑面包转来转去,"简直是狗过的日子!茶叶都没有!如果我是普通的庄稼汉倒也罢了,可我到底是个小市民,自己还有房子呢。丢脸!"

左托夫嘟嘟哝哝,自言自语,穿上他那件好像女人钟式裙的大衣,把脚伸进一双难看的大套靴(那是一八六七年①鞋匠普罗霍雷奇做的),走到院子里。外面晦暗,寒冷,阴沉而又平静。大院子里生着蓬松的杂草,地上铺着枯黄的树叶,整个院子在秋天的细雨下略微带点银白色。没有风,没有响声。老人在歪斜的门廊台阶上坐下,于是立刻发生了每天早晨准定会发生的事:他的狗雷斯卡走到他跟前来了。那是一条大看家狗,白色,带黑点,脱了毛,半死不活,闭着右眼。雷斯卡胆怯地走过来,战战兢兢地扭动着,好像它的爪子不是踩着地面,而是踩着烧红的铁板似的。它整个衰老的身子表现出忍气吞声的样子。左托夫装得没有看

---

① 这篇小说发表于1886年,可见这双套靴已经穿过二十年了。

见它，可是等到它微微摇着尾巴，照先前那样扭动着身子，舔一下他的套靴，他却生气地跺脚了。

"滚开，巴不得你死了才好！"他叫道，"可恶的东西！"

雷斯卡就走到一旁去，坐下，用它那只独眼瞧着主人。

"魔鬼！"左托夫接着说，"你们只差骑到我脖子上来了，磨人精！"

随后他怀恨地瞧着他的板棚，棚顶已经歪斜，生满杂草，门里露出一匹马的大头，正瞧着他。那匹马见到主人注目，大概受宠若惊了，就摇摇头，往前移动。于是从板棚里露出马的整个身子，它也像雷斯卡那么衰老，那么胆怯，低声下气。它腿很细，鬃毛发白，肚子瘪进去，背上露出骨节。它从板棚里走出来，迟疑不定地站住，仿佛怕难为情似的。

"你们怎么就不死哟……"左托夫接着骂道，"你们怎么还没咽气，让我眼前干净点，该服苦役的害人精。……恐怕尊驾要吃东西吧!"他冷笑说,皱起气愤的脸,做出鄙薄的笑容。"遵命,马上照办!这么一匹价值连城的骏马,就该吃最好的燕麦,由着性子吃!吃吧!马上就送来!还有这条贵重的出色的狗,也得好好喂!要是像您这么贵重的狗不想吃面包,那就吃牛肉好了。"

左托夫唠唠叨叨说了半个钟头,越说越有气。最后,他受不住胸中沸腾着的气愤,跳起来,顿着套靴,哇哇地叫,声音响得满院子都能听见:

"我可没有责任非养活你们不可,寄生虫!我又不是财主,能供你们吃饱喝足!我自己都没东西吃,你们这些可恶的瘦鬼,叫你们得了霍乱才好!你们没有给我带来过一点快活,也没带来过一点好处,光是害得我发愁,倾家荡产!为什么你们就不咽了气?你们算是什么了不得的大人物,连死神都不来收拾你们!你们自管活着好了,见你们的鬼,反正我不愿意养活你们了!我够了!我不愿意养活了!"

左托夫怒气冲冲,大发脾气,那匹马和狗一声不响地听着。至于这两名食客是不是明白它们因为吃了他的粮食而受到责难,我就不知道了,不过它们的肚子更加瘪进去,身子缩成一团,神态更加灰溜溜,更加低声下气了。……它们这种温顺的样子越发惹恼了左托夫。

"滚出去!"他忽然灵机一动,嚷起来,"从我家里滚出去!让我的眼睛别再瞧见你们!我可没有责任在院子里养各式各样的废物!滚出去!"

老人迈着小碎步走到大门口,推开大门,从地上拾起一根棍子,着手把他的食客赶出院子。那匹马摇一下头,扭动肩胛骨,瘸着腿往门外走,狗也跟在它后面。它俩来到街上,走出二十步光景,在围墙旁边站住。

"我要给你们点颜色看看!"左托夫威胁它们说。

他把食客们赶走,才定下心来,着手打扫院子。他偶尔往街上瞧一眼,马和狗都站在围墙旁边,像是生了根,垂头丧气地瞧着大门口。

"你们离开我,自己去过活好了!"老人嘟哝说,觉得心里的气消了一点,"让别人来照料你们就是!我又吝啬又凶……跟我一块儿过不舒服,那就跟别人一块儿去过好了。……是啊。……"

左托夫欣赏食客们沮丧的模样,把牢骚发够了,这才走出门外,脸上做出恶狠狠的神情,嚷道:

"喂,你们呆站着干什么?你们在等谁啊?你们站在马路当中,妨碍人家走路!回到院子里来!"

马和狗垂下头,带着自觉有罪的样子,往门口走来。雷斯卡大概感到自己不配得到宽恕,就凄凉地尖叫起来。

"你们要在这儿过,也随你们,可是讲到吃食,那可休想!"左托夫把它们放进来,说,"哪怕你们饿死也白搭。"

这当儿太阳倒穿透晨雾,钻出来了!斜射的光芒在秋天的细雨里滑过来。外边响起了说话声和脚步声。左托夫就把扫帚放回原处,走出院外,去找他的干亲家和邻居玛尔克·伊凡内奇,那个人开着一家小杂货铺。他走到干亲家那儿,在一把折叠椅上坐下,庄重地叹口气,摩挲着胡子,谈起天气。两亲家从天气谈到新来的助祭,又从助祭谈到唱诗班歌手,这场谈话就扯远了。谈话当中,时间不知不觉地过去,等到店里的学徒提来一只装满开水的大茶壶,两亲家开始喝茶,时间就过得更快,像鸟似的飞掉了。左托夫周身暖和,兴致勃勃。

"我想求你一件事,玛尔克·伊凡内奇,"他喝完六杯茶,用手指头敲着柜台,开口说,"你务必……行一行好,今天再给我八分之一斤①的燕麦吧。"

玛尔克·伊凡内奇在大茶壶另一边坐着,发出深长的叹息声。

"你行行好,给我吧,"左托夫接着说,"茶叶呢,就算了,今天你别给了,只给我燕麦吧。……我不好意思

---

① 此处指俄斤,1俄斤等于0.41公斤。

求你,我因为穷,已经麻烦过你好多次了,可是……马在挨饿啊。"

"给倒是可以给,"干亲家叹口气说,"何尝不可以呢?不过,你说说,你养着这些瘦鬼干什么用?要是那匹马还能使唤,倒也罢了,可是,呸!瞧着都叫人害臊。……还有那条狗,只剩下骨头架子了!你何苦再养活它们呢?"

"可是叫我拿它们怎么办呢?"

"自有办法嘛。你把它们牵到伊格纳特的死兽剥皮场去,就万事大吉了。它们早就该到那儿去。那才是它们真正的去处。"

"这话当真不错!……我看,也只好这样。……"

"你自己四处讨吃,却还养着牲口,"干亲家接着说,"我倒不是舍不得燕麦。……求上帝保佑你,可是,老兄,每天都给……也太划不来。你的穷没有个头儿啊!给啊给的,我都不知道给到哪天才算完事。"

干亲家叹一口气,摩挲着自己的红脸。

"你还不如死了好!"他说,"你这么活下去,自己也不知道自己为什么活着。……是啊,这是真话!不过呢,主偏又不让你死,那你就该想法到养老院或者流浪汉收容所去。"

"这是为什么?我还有亲戚。……我有外孙女。……"

左托夫开始冗长地叙述他的外孙女格拉霞是他侄女卡捷莉娜的女儿,住在某地一个农庄里。

"她得养活我!"他说,"我的房子就是留给她的,那她就得养活我!我马上就去。这,你知道,我说的是格拉霞……卡捷莉娜的女儿。讲到卡捷莉娜,你知道,就是我哥哥潘捷列的老婆的前夫的女儿……明白吗?房子留给她了。……让她养活我就是。"

"行啊,早就该到她那儿去,这总比讨饭强多了。"

"我会去的!我说了假话就叫上帝惩罚我,我会去的。她得养我!"

过了一个钟头,两亲家各自喝下一小杯酒,左托夫

就在店铺当中站住,兴奋地说:

"我早就准备去找她!我今天就去!"

"当然啦!早就该到农庄去,比这么闲逛荡活活饿死强多了。"

"我马上就去!我去了就说:我的房子归你,你养活我,敬重我。她就得这样!要是你不愿意,我就既不给你房子,也不给你祝福!再见,伊凡内奇!"

左托夫再喝下一小杯酒,被新的想法鼓舞着,赶紧回家去了。……他喝过酒,浑身发软,头发昏,可是他没躺下,却把所有的衣服收拾好,打了个包,祷告一阵,拿起棍子,走出院外。他头也不回,用手杖敲着石头,嘴里唠唠叨叨,走完整条街,走到野外。此地离农庄有十俄里到十二俄里远。他顺着干燥的道路走去,瞧着从城里来的畜群懒洋洋地咀嚼黄草,不由得想到刚才他多么果断地做出决定,使他的生活发生了急剧的转折。他还想到他的食客们。刚才他从家里出来,没关大门,这样就可以让它们爱到哪儿就到哪儿去了。

他在野外还没走出一俄里远,就听见身后响起了脚步声。他回头一看,生气地把两只手一拍,原来那匹马和雷斯卡垂着头,夹着尾巴,悄悄跟着他走来了。

"回去!"他对它们挥一下手。

它们就站住,互相看一眼,再瞧着他。他往前走去,它们就又跟在他后面。于是他停下来,开始思索。带着这些动物到不大熟识的格拉霞家去,是不行的,至于往回走,把它们关在家里,他也不愿意,再者,要关也关不住,因为大门已经不中用了。

"它们关在板棚里会饿死,"左托夫想,"是不是干脆到伊格纳特那儿去一趟?"

伊格纳特的小屋坐落在牧场上,离拦路杆不过一百步远。左托夫还没做出最后决定,不知道该怎么办才好,就举步往那边走去。他头晕,眼前发黑。……

至于在伊格纳特的死兽剥皮场里究竟发生过一些什么事,他却记不大清了。他只记得他走进伊格纳特的小屋,闻到兽皮的浓重刺鼻的臭气和伊格纳特正在喝的白菜汤的香味。他好像做梦似的瞧着眼前发生的事,伊格纳特叫他等了两个小时,长久地准备着什么东西,换上衣服,跟一个女人谈到升汞。他记得那匹马给放到马架子上,这以后就发出两下低沉的响声:一下是打在头盖骨上的声音,一下是巨大的马尸倒在地上的声音。雷斯卡瞧见它的朋友死了,就尖叫一声,向伊格纳特那边扑过去,于是发出第三下响声,顿时把尖叫声止住了。后来,他记得,他见到两具尸体,就醉意蒙眬,糊里糊涂地走到马架子跟前,把自己的头也伸过去。……

后来,直到那天傍晚,他的眼睛上老是蒙着一层雾,他甚至看不清自己的手指了。

阿莉阿德娜

一条轮船从敖德萨开到塞瓦斯托波尔去,甲板上有一位相当漂亮的先生,留一把小小的圆胡子,走到我跟前借火点烟,说:

"请您注意坐在操舵室旁边的那些日耳曼人。日耳曼人或者英国人碰到一块儿,总是谈羊毛的行情,谈庄稼的收成,谈自己的私事;可是我们俄国人碰到一块儿,不知什么缘故,总是只谈女人和高尚的题目。不过主要的是谈女人。"

这位先生的脸我已经熟悉了。昨天,我们乘同一班火车从国外回来。在沃洛奇斯克,海关检查行李的时候,我看见他跟他的旅伴,一位太太,站在一块儿,面前放着一大堆装满女人衣服的皮箱和提篮。海关要他为一件女人的旧绸衣付税,把他搞得很窘,垂头丧气;而他的旅伴则提出抗议,威胁说要告到某人那儿去。后来在去敖德萨的路上,我看见他时而拿着馅饼,时而拿着橙子,送到妇女车厢去。

天气有点潮湿,船微微摇晃,女人们都回到自己船舱去了。那位留着小圆胡子的先生挨着我坐下,接着说:

"是啊,俄国人碰到一块儿,总是只谈高尚的题目和女人。我们学识那么高深,我们那么了不起,所以我们发表的意见一概是真理,我们所讨论的只能是高级的问题。俄国的演员不会嬉皮笑脸,在轻松喜剧里他演得深沉。我们也是这样,即便谈的是小事,也必得用高深的观点谈。这是缺乏勇气、真诚、质朴的缘故。我们之所以常常谈女人,我觉得,是因为我们不满意。我们用过于理想的眼光看待女人,我们提出的要求远远超出了现实所能给予的,我们得到的根本不是我们所希望得到的,结果就心怀不满,希望破灭,内心痛苦。谁要是为什么事痛苦,谁就老是谈这件事。我照这样讲下去,您不觉得厌烦吗?"

"不,一点也不厌烦。"

"既是这样,那就容我介绍自己,"我的同伴说,微微欠起身子,"我叫伊凡·伊里奇·沙莫兴,好歹算是个莫斯科的地主。……您呢,我是知道得很清楚的。"

他坐下来,亲切诚恳地瞧着我的脸,接着说:

"像玛克斯·诺尔道①那样的二流哲学家会把这种经常议论女人的谈话解释作色情狂,或者解释作我们是农奴主,等等。我呢,对这种事的看法却不一样。我要再说一遍:我们不满意,是因为我们是理想主

---

① 玛克斯·诺尔道(1849—1924),玛克斯·齐德费尔德的笔名,德国政论家,文学家和医学博士,认为一切都处在退化的过程中。——俄文本编者注

者。我们希望生养我们以及我们子女的人比我们高尚,比世上的一切都高明。我们年轻的时候,美化和崇拜我们钟情的人,在我们心目中,爱情和幸福是同义词。在我们俄国,没有爱情的婚姻是被人看不起的,肉欲是可笑的,而且惹人憎恶,凡是把女人写得美丽、富于诗意、崇高的长篇小说和中篇小说总是获得最大的成功。如果俄国人从来就欣赏拉斐尔①的圣母像,或者热衷于妇女解放,那么我向您担保,这里头没有什么弄虚作假的地方。然而糟糕的是:我们刚跟一个女人结婚或者同居,过不到两三年,就会感到失望,上当。我们就另外跟别的女人同居,结果呢,又是失望,又是悲愤,最后终于相信女人都虚伪,浅薄,爱虚荣,不公正,没有头脑,残忍。一句话,她们非但不比我们高尚,甚至不知比我们低劣多少。于是我们这些不满意、受了骗的人没有别的办法,只好发牢骚,讲那些弄得我们

---

① 拉斐尔(1483—1520),意大利文艺复兴盛期画家。

大上其当的事情。"

沙莫兴讲话的时候,我看出,俄国的语言和俄国的环境给予他很大的乐趣。这大概是因为他在国外的时候十分思念祖国。他称赞俄国人,认为他们有难能可贵的理想主义,不过他并没有说外国人的坏话,这倒使人对他发生好感。我还看出他心里不平静,与其说想谈女人,不如说想谈他自己,我免不了要听到一个类似忏悔的长故事了。

果然,等我们要来一瓶葡萄酒,各自喝下一杯以后,他就开口了:

"我记得在韦利特曼①的一个中篇小说里有一个人物说:'原来事情是这样的啊!'另一个人就回答他说:'这不是事情本身,只是事情的引子罢了。'同样,直到现在我所讲的那些话也只是个引子,实际上我要跟您讲的是我最近的恋爱故事。对不起,我还要问一

---

① 韦利特曼(1800—1870),俄国作家,他的观点接近斯拉夫派。

句:您听着不觉得厌烦吗?"

我说不厌烦,他就接着说:

"事情发生在莫斯科省北部一个县里。我应当告诉您,那儿的风景美极了。我们的庄园坐落在一条湍急的河流的高岸上,恰好处在所谓急流地段,那儿河水昼夜不停地哗哗响。您不妨想象一下:一个古老的大花园,一些悦目的花圃,一个养蜂场,一个菜园,下面是一条河,岸边是枝叶繁茂的柳林,每逢柳枝上披着大颗露珠,它的颜色就有点发暗,仿佛变成灰色了。河对岸是一片草场,过了草场是一个高冈,那上面长着一片可怕的黑松林。树林里的松乳菇多得数不清,树林深处生活着一些驼鹿。即使我死掉,装在棺材里,我好像也会梦见那些阳光耀眼的清晨,或者那些美妙的春季傍晚,在那种时候,夜莺和长脚秧鸡在花园里和花园外啼鸣,村子里传来手风琴的声音,家里有人在弹钢琴,河水哗哗响,一句话,像这样的音乐声弄得人又想哭,又想大声唱歌。我们耕地不多,然而草场弥补了这个缺陷,草场同树林每年能给我们带来将近两千的进款。我是父亲的独生子,我们两个都是俭朴的人,这笔钱再加上我父亲的养老金,完全够我们用的了。我在大学毕业以后,头三年是在乡下度过的。我管理产业,老是巴望着当选,参加地方自治局的工作,不过主要的是我热烈地爱上一个异常美丽而迷人的姑娘。她是我的邻居,地主柯特洛维奇的妹妹。这是个破落的地主家庭,庄园里有凤梨,有出色的桃树,有避雷针,院子中央有喷泉,可是身上却一个小钱也没有。柯特洛维奇什么事也不做,而且也不会做。他那样儿软绵绵的,仿佛是由焖萝卜做的。他用顺势疗法①给农民看病,热衷于招魂术②。不过,他这个人倒是文质彬彬,温和,不愚蠢的;然而我对这类跟鬼魂交谈而且用催眠术医治村妇的先生并无好感。第一,凡是智力弱的人,他们的概

---

① 18世纪末德国医师哈涅曼创立的一种医疗学派,用极微量能使健康身体得某种病的药医治该病。
② 一种迷信活动:把死人的灵魂招来,与活人通信息。

念总是混乱的,跟他们谈话非常困难;第二,他们照例不爱什么人,不跟女人共同生活,这种神秘性对敏感的人产生不愉快的印象。他的外貌我也不喜欢。他长得又高又胖,皮肤白,脑袋小,眼睛又小又亮,手指头白而肥。他不是跟您握手,而是揉搓您的手。他老是赔礼道歉。他要一样东西对人说一声'对不起',给人什么东西,也要说一声'对不起'。讲到他的妹妹,那却是个完全不同的人。我得告诉您,我童年和少年时跟柯特洛维奇一家人不认识,因为当初我父亲在某地做教授,我们在内地住了很久,临到我跟他们相识,这个姑娘已经二十二岁,早已在贵族女子中学毕业,在莫斯科她那有钱的姑母家里住过两三年,她姑母带着她走进社交场所。我跟她相识,头一次跟她谈话的时候,首先使我暗暗吃惊的是她那少见的、美丽的名字——阿莉阿德娜。这个名字跟她多么相配!她是个头发金黄色的姑娘,长得很瘦,身材十分苗条,灵活,匀称,姿态非常优美,五官秀气,极其高雅。她的眼睛也炯炯有光,不过她哥哥的目光缺乏热情,却又甜得腻人,像水果糖似的;她的目光则闪着美丽而骄傲的青春光芒。从我们相识的头一天起,她就把我征服了,而且也不能不是这样。最初的印象是那么强烈,直到现在我还忘不了当时的情景,我仍旧认为:大自然在创造这个姑娘的时候先有一种宽广而惊人的构思。阿莉阿德娜的嗓音,她的步态、帽子,以至她在河边钓鲌鱼而在沙滩上留下的脚印,都引起我欢乐的心情和对生活的热望。我根据她美丽的相貌和美丽的体态判断她的精神素质。阿莉阿德娜的每句话,每个笑容,都叫我赞叹,招我喜欢,使我推测她有高尚的灵魂。她亲切,健谈,快活,对人直爽,对上帝怀有诗意的信仰,对于死亡的想法也带有诗意。她的精神品质具有丰富的色彩,就连她的缺点都因而添上特殊的、可爱的性质。比方说,她要一匹新马而又没有钱买——那又有什么了不得的?可以拿个什么东西去卖掉或者当掉,如果管家起誓说没有什么东西可卖或者可当,那么,不妨把侧屋的铁皮房顶拆下来，卖给工厂，要不然就在农忙季节把干活的马赶到市集上去，三钱不当两钱地卖掉。这些没法遏制的愿望有时候弄得整个庄园里的人毫无办法，然而她把这类愿望表达得那么优雅，到头来大家只好原谅她，容让她，仿佛她是个女神或者恺撒的妻子似的。我的爱情是动人的，不久大家就看出来了，我的父亲也好，邻居们也好，农民们也好，全知道了。大家都同情我。有的时候我请工人们喝酒，他们总是对我鞠躬，说：

"'求主保佑您娶上柯特洛维奇家的小姐。'

"阿莉阿德娜本人也知道我爱她。她常常骑着马或者坐一辆轻便的双轮马车到我们家里来，有的时候成天价跟我和我父亲待在一块儿。她跟我的老人处得很好，他甚至教她骑自行车，这是他所喜爱的娱乐。我记得有一天傍晚，他们准备骑车出去，我就把她扶上车，这时候她的模样那么好看，我觉得我的手一碰到她就发烫，我兴奋得浑身发颤。等到他们两个，老人和她，姿态优美地并排骑着车顺着大路走去，管家正巧骑着一头黑马迎面而来,那头马就急忙让路,我觉得它所以让路,是因为它也被她的美丽震惊了。我的热爱,我的崇拜,感动了阿莉阿德娜,使得她心软下来,她热切地巴望自己也像我这么入迷,也用爱情回报我。要知道,这是那么富于诗意啊!

"然而要像我这样真正爱一个人,她是办不到的,因为她冷漠,已经十足地学坏了。她身子里有个魔鬼,它昼夜不停地小声对她说:她迷人,她千娇百媚。她究竟为了什么目的生到这个世界上来,究竟为了什么目的被赋予生命,她并不明确地知道,不过每逢她想到未来,却总是把自己想象成一个大富大贵的人,常常幻想舞会,幻想坐车兜风,幻想仆人穿着号衣,幻想豪华的客厅,幻想自己主持的沙龙,幻想一大帮伯爵、公爵、公使、著名的画家和演员,幻想这些人都爱慕她,赞叹她的美丽和打扮。……这种对于权势和个人成功的渴望,这种老是朝着同一个方向进行的思想活动往往使人变得冷心肠,阿莉阿德娜不管是对我也好,对风景也好,对音乐也好,一概是冷淡的。可是岁月如流,使者却始终没有出现,阿莉阿德娜仍旧住在她那热衷于招魂术的哥哥家里,景况越来越坏,她已经没有钱添置衣服和帽子,只好千方百计掩盖她的贫穷了。

"说来也真不走运,当初她在莫斯科住在姑母家里的时候,曾有一个玛克土耶夫公爵向她求过婚,这是个家财豪富然而毫不中用的人。她一口回绝了。可是现在,她的心有时却受到悔恨的煎熬:当时何必回绝呢。如同我们的农民带着憎恶的心情吹掉克瓦斯①面上浮着的蟑螂,可是仍旧把克瓦斯喝下去一样,她一想起那个公爵也不由得憎恶地皱起眉头,可是仍旧对我说:

"'不管您怎么说吧,爵位含有无法形容的东西,迷人的东西。……'

"她梦想爵位,梦想荣华富贵,然而同时又不愿意

---

① 俄国的一种清凉饮料。

放过我。不管人怎样盼望使者,可是人的心毕竟不是石头,往往会惋惜自己的青春。阿莉阿德娜极力要恋爱,做出爱我的样子,甚至发誓说她确实爱我。然而我是一个神经质的、敏感的人;我被人爱着的时候,哪怕隔得很远,没有保证和发誓,我也觉得出来。我立刻觉得有一股冷气向我吹来,当她对我诉说爱情的时候,我总觉得像是听一只金属做的夜莺在唱歌。阿莉阿德娜自己也感到感情不足,心里烦恼,我不止一次地看见她在哭。可是,有一回,您再也想象不到,她忽然使劲搂住我,吻我。这是一天傍晚在河边发生的。我从她的眼睛看出她并不爱我,她搂住我纯粹出于好奇,想考验自己一下,看这会有什么结果。我心里害怕。我拉住她的手,绝望地说:

"'这种缺乏爱情的亲热使得我痛苦!'

"'您真是个……怪人!'她烦恼地说,走开了。

"很可能,过上两三年,我就跟她结婚,这件事就此了结了,可是命运偏偏用另一种方式来处理我们的恋情。事情是这样的:在我们中间出现了一个新的人物。阿莉阿德娜的哥哥有个大学同学米哈依尔·伊凡内奇·鲁勃科夫到他们家来做客。这是个可爱的人,车夫和听差谈到他总是说:'有趣儿的老爷!'他中等身材,清瘦,秃顶,脸容像个和善的有钱人,并不漂亮,然而仪表优雅,面色苍白,硬唇髭修剪得整整齐齐,脖子上的皮肤像是鹅皮,布满小疙瘩,鼓出一个大喉结。他戴一副夹鼻眼镜,眼镜上拴一根很宽的黑带子,说话的时候吐字不清,例如把'吃'说成'知'。他老是兴致很高,什么事情在他看来都可笑,他在二十岁那年异常荒唐地结了婚,在莫斯科少女街附近得到两所作为他妻子陪嫁的房子。他就着手修缮,添造浴室。后来他彻底破产了,如今他的妻子和四个孩子住在东方旅馆里受穷,而他得供养他们,这在他看来是可笑的。他三十六岁,他妻子已经四十二岁,这也可笑。他母亲自以为是个贵族,是个妄自尊大、十分傲慢的人,看不起他的妻子,独自一人跟一大群狗和猫住在一起,他每月得单独给她七十五个卢布。他自己是个生活讲究的人，喜欢在斯拉维扬斯克市场①吃早饭，在隐庐饭店②吃中饭。他需要很多的钱，可是他叔叔每年只给他两千，这不够用，他就成天价在莫斯科奔波，正如通常所说的那样，跑得上气不接下气，找一个能够借到钱的地方——这也可笑。他到柯特洛维奇家来，用他的话来说，是为了离开家庭生活，到大自然的怀抱里来休息一下。每逢吃中饭，吃晚饭，散步，他总是对我们讲他的妻子，讲他的母亲，讲债主们，讲法院里的民事执行吏，讪笑他们。他也讪笑自己，一再声明他多亏有这种借钱的本事才交到许多可爱的朋友。他笑个没完，我们就跟着笑。有他在场，我们连消磨时间的方法也不一样了。我比较爱好安静的、所谓田园的乐趣，喜欢钓鱼、傍晚的散步、采菌；可是鲁勃科夫偏爱野餐、焰火、带着猎狗打猎。他往往一个星期里发起三次野餐，阿

---

①② 莫斯科的两家著名的饭店。

莉阿德娜就带着严肃而热心的脸色开出单子,写上牡蛎啦,香槟啦,糖果啦,打发我到莫斯科去买,至于我有没有钱,她当然不问。到野餐的时候,大家干杯,欢笑,他又兴致勃勃地讲他的妻子多么苍老,他母亲养着多么肥的狗,他的债主都是些多么可爱的人。……

"鲁勃科夫喜爱大自然,然而他把它看作一种早已熟悉的东西,同时实际上把它看得不知比自己低下多少,而且大自然之所以被创造出来也只是供他取乐而已。他往往在一片美景面前站住,说:"在这儿喝一阵茶倒不错!"有一回他看见阿莉阿德娜在远处打着伞走过,就朝她把头一扬,说:

"'她瘦,这倒中我的意。我不喜欢胖女人。'

"这话惹得我讨厌。我请求他在我面前不要这样谈论女人。他惊讶地瞧着我,说:

"'我喜欢瘦的而不喜欢胖的,这有什么不对呢?'

"我一句话也没回答他。后来,有一天,他心绪很好,微微带点醉意,说:

"'我发觉阿莉阿德娜·格里戈里耶芙娜喜欢您。我暗暗吃惊,您怎么还不把她弄上手呢。'

"这些话弄得我心里不自在。我一面发窘,一面对他说出我对爱情和女人的看法。

"'我不懂,'他说,叹一口气,'依我看来,女人就是女人,男人就是男人。就算阿莉阿德娜·格里戈里耶芙娜像您所说的那样富有诗意,那样高尚吧,然而这不等于说她有可能超脱于自然规律之外。您自己也看得出来,她已经到了需要丈夫或者情人的年龄。我尊敬女人不下于您,可是我认为,那种人所共知的关系并不排除诗意。诗意是一回事,情人又是一回事。这跟农业经营一样:大自然的美丽是一回事,树林和耕地上的收入又是一回事。'

"我和阿莉阿德娜钓鲍鱼的时候,鲁勃科夫就躺在那儿的沙滩上,拿我开玩笑,或者开导我应该怎样生活。

"'我觉得奇怪,先生,您怎么能活着而不搞点风流韵事!'他说,'您年轻,漂亮,招人喜欢。一句话,您是个非常好的男人,可是您生活得跟修士一样。唉,这些二十八岁的老头子啊! 我比您差不多大十岁,可是我们两个人当中谁年轻些? 阿莉阿德娜·格里戈里耶芙娜,谁?'

"'当然是您。'阿莉阿德娜回答他说。

"每逢他讨厌我们沉默不语,只注意浮子,他总是走开,回家去了,她就生气地瞧着我,说:

"'真的,您算不得男子汉,而是一团稀泥,求主原谅我这么说。男子汉应当入迷,发疯,犯错误,受苦! 女人会原谅您的莽撞和无礼,可是女人永远也不会原谅您这种顾虑重重、瞻前顾后的德行。'

"她真的生气了,接着说:

"'为了得到成功,就得坚决而大胆。鲁勃科夫不如您漂亮,可是比您有趣味,而且总能获得女人的欢心,因为他不像您,他是个男子汉。……'

"在她的语调中甚至流露出冷酷无情的味道。有一天，吃晚饭的时候，她不是对着我讲话，而是泛泛地谈起：如果她是男人，她就不会待在乡下发霉，而会出外旅行，到冬天就住在国外，比方说，住在意大利。啊，意大利！这时候我父亲不自觉地往火里泼了油。他冗长地讲起意大利，讲到那儿多么好，风景多么秀丽，博物馆多么出色！阿莉阿德娜的心里忽然燃起到意大利去的愿望。她甚至用拳头捶着桌子，眼睛炯炯有光：非去不可！

"这以后他们每天都要谈起到意大利去游历多么好，啊，意大利！噢，意大利！每天都这样。每逢阿莉阿德娜回过头来看我，我总会从她冷冷的固执神情中看出，她已经在幻想里征服了意大利以及它的一切沙龙、外国的显贵、游客，要拦阻她已经不可能了。我劝她略为等一下，把这次旅行推迟一两年，可是她厌烦地皱起眉头，说：

"'您像老太婆那样瞻前顾后。'

"鲁勃科夫赞成旅行。他说这花钱很少，而且他也乐于到意大利去,在那儿可以避开家庭生活,休息一下。我呢,很抱歉,我的举动像中学生那么幼稚。倒不是出于嫉妒心,而是由于预感到有一种可怕的、不平常的事要发生,我老是尽我的力量不让他们俩待在一块儿。他们就捉弄我,比方说,我一走进房间,他们就装出刚接过吻的样子,等等。

"可是后来,有一天早晨,她那白白胖胖、热衷于招魂术的哥哥到我家里来了,表示想跟我单独谈一谈。他是个缺乏毅力的人,尽管受过教育,彬彬有礼;可是如果有一封别人的信放在他面前的桌子上,他就无论如何也忍不住,一定要拆开来看一看。现在,他在谈话当中就承认无意中看到鲁勃科夫写给阿莉阿德娜的一封信。

"'从这封信里我才知道她不久就要出国去了。亲爱的朋友,我十分焦急!求您看在上帝分上给我解释一下吧,我一点也不懂!'

"他说这话的时候,呼呼地喘气,吐出来的气直喷到我脸上,有一股炖牛肉的味道。

"'对不起,我把这封信的秘密泄露给您了,'他接着说,'不过您是阿莉阿德娜的朋友,她尊重您!或许您已经知道一些情况也未可知。她想出国,可是跟谁一块儿去呢?鲁勃科夫先生也打算跟她一块儿去。对不起,从鲁勃科夫先生那方面来说,这简直奇怪得很。他是结过婚的人,有儿女,可是又谈情说爱,在信上对阿莉阿德娜称呼"你"。对不起,这简直奇怪!'

"我心里发凉,手脚麻木,觉得胸膛里一阵刺痛,好像胸口嵌进一块三角形的石子。柯特洛维奇筋疲力尽地往圈椅上一坐,两条胳膊耷拉下来,像是两根鞭子。

"'我有什么办法呢?'我问。

"'开导她,说服她呀。……您想想看,跟她相比,鲁勃科夫算是个什么人物?莫非他配得上她?啊,上帝,这是多么可怕,多么可怕呀!'他抱住头,接着说,'原先有过那么出色的人物追求她,玛克土耶夫公爵啦,还有……还有别人。公爵十分爱她,就在上个星期三,他那去世的祖父伊拉里昂还毫不含糊地肯定说,阿莉阿德娜会做他的妻子。十分肯定!他祖父伊拉里昂已经死了,然而他是个聪明绝顶的人。我们每天都把他的灵魂招来。'

"在这次谈话以后,我通宵未睡,打算开枪自杀。早晨我一连写了五封信,都撕碎了,随后我到粮棚里去哭。后来我在我父亲那儿拿到钱,没有告辞就动身到高加索去了。

"当然,女人就是女人,男人就是男人,可是难道在我们这个时代,这种事如同在洪水灭世①以前那样简单吗?难道我,一个被赋予复杂的精神结构的文明人,还应该把我对女人的热烈爱慕仅仅用女人的肉体形态和我不同来加以解释吗?啊,要是那样的话,那是

---

① 基督教《圣经》中关于上帝降洪水消灭世界活物的故事。据《创世记》载,上帝见当时人世罪恶弥漫,决心用洪水毁灭地上一切走兽、昆虫、飞鸟和人;唯命"义人"挪亚造方舟率全家避入。

多么可怕啊！我倒认为，跟自然做斗争的人类的天才也跟肉体的爱斗争，把它看作敌人一样，即使没有战胜它，总也给它包上了一层同胞之情和爱情的网。至少对我来说，这已经不单纯是兽性的生理机能，如同狗或者蛤蟆那样，而是真正的爱情了，每一次的拥抱都充满纯洁的真挚的热情和对女人的尊敬。确实，对兽性本能的憎恶，若干世纪以来已经在几百代人当中养成，由我连同血肉继承下来，构成我身心的一部分。如果我赋予爱情以诗意，那么这在我们这个时代岂不是自然的，必要的，就跟我的耳郭不会动，我的身上不长毛一样吗？我认为大部分文明人都是这样想的，因为在当前这个时代，爱情之中缺乏精神的和诗意的成分是被人看作返祖现象而加以蔑视的，据说这是退化的征象，许多种精神病的症状。不错，我们在赋予爱情以诗意的时候，往往错以为我们心爱的人身上有一些他们往往没有的优点，这就成为我们不断犯错误和不断痛苦的源泉。不过依我看来，这样也好，就让它这样吧，与其用女人就是女人和男人就是男人的想法来安慰自己,还不如受苦的好。

"在梯弗里斯,我接到我父亲写来的一封信。他写道,阿莉阿德娜·格里戈里耶芙娜已经在某月某日动身出国,打算在那儿度过整个冬天。过了一个月,我回到家里。那已经是秋天。每个星期阿莉阿德娜都给我的父亲写信来,用的是喷香的信纸。那些信十分有趣,是用漂亮的文学语言写成的。我有这样一种看法:每个女人都能成为作家。阿莉阿德娜很详细地叙述她跟她的姑母没有吵翻而且向她要到一千卢布路费是多么不容易,她在莫斯科花了多么长的时间寻找她的一个远亲,一位老太太,劝老太太陪她一起出国。过分的详细,就大有捏造的味道。当然,我心里明白,她压根儿就没有什么女旅伴。过不多久,我也接到了她的信,也是带有香味,笔调文雅。她写道,她惦记我,惦记我的美丽聪明而又充满热爱的眼睛,好意地责备我,说我在毁灭我的青春,说我本来可以像她那样生活在天堂里,棕榈树下,呼吸橙树的香气,却偏偏要在乡下发霉。她在信上写了这样的下款:'被您抛弃的阿莉阿德娜。'后来,过了两天,又来一封信,还是那一套,下款是'被您忘却的'。我脑袋发晕了。我热烈地爱她,每天晚上梦见她,她却说什么'被您抛弃的'、'被您忘却的',这是为什么?这是什么意思?此外,再加上乡间的寂寞、漫长的傍晚、那些关于鲁勃科夫的纠缠不清的想法。……这种不确定的局面折磨我,害得我昼夜不安,弄得人没法忍受。我忍不住,出国去了。

"阿莉阿德娜叫我到阿巴齐亚去。我是在一个晴朗温暖的白昼到达那儿的,恰巧刚下过一场雨,雨滴还挂在树上,留在阿莉阿德娜和鲁勃科夫居住的、样子颇像营房的大厢房①上。他们不在家。我到当地的公园去,在林荫道上溜达了一会儿,然后坐下来。有一位奥地利的将军走过我面前,手抄在背后,裤子上也缝着红

---

① 原文为法语。

镶条,跟我们的将军一样。一辆里面睡着婴儿的小车推了过去,车轮压着潮湿的沙地,发出吱吱的声响。又有一个害黄疸病的龙钟老人走过,接着是一群英国人,一个天主教教士,然后又是那位奥地利的将军。刚从阜姆来的军乐师们拿着发亮的喇叭,慢腾腾地向亭子走去。他们奏起乐来。您以前去过阿巴齐亚吗?那是一个斯拉夫人的肮脏的小城,只有一条街,冒出臭气,雨后不穿雨鞋就没法走路。关于这个人间天堂的情况我已经在信上读过很多,而且每一次都受到感动,因此后来每逢我卷起裤腿,小心地穿过那条狭窄的街道,由于闷得慌而向一个老太婆买几个不新鲜的梨,那个老太婆认出我是俄国人,就胡乱学着说几个俄国词,每逢我茫然问我自己,到底上哪儿去好,我在这儿有什么事可做,每逢我遇见俄国人像我这样受骗上当,——每逢这种时候,我总是感到烦恼和害臊。这儿有安静的海湾,海面上行驶着轮船和张着五颜六色布帆的木船,从此地可以看见阜姆和遥远的海岛被一层淡紫色的迷雾笼罩。要不是因为海湾的风景被一些建筑式样荒谬而庸俗的旅馆以及它们的厢房遮住(在这条绿色的海岸上已经由贪财的商人盖满了这种房屋),以致您在这个天堂里放眼望去,大部分地方除了窗子、露台、点缀着白色小桌和仆役的黑色礼服的小平台以外,什么也看不见——要不是这样,这个地方倒可以说是美景如画了。此地有一个公园,像这样的公园如今您在国外各疗养地都能找到。那片乌黑的、不动的、不出声的棕榈树,林荫道上黄澄澄的沙土,碧绿的长凳,轰鸣的军号的亮光,将军裤子上的红镶条,所有这些,不出十分钟就弄得人厌烦了。可是您为了某种缘故却不得不在这里住上十天,十个星期!每逢我无可奈何地游历这类疗养地,我就越来越相信这些吃饱喝足、家财豪富的人生活得多么不舒服和贫乏,他们的想象力是多么软弱无力,他们的趣味和愿望是多么庸俗。比他们幸福许多倍的却是另外一些老老少少的游客,他们没有钱在旅馆里住宿,能住在哪儿就住在哪儿,在高山顶上欣赏海景,在绿草地上躺着休息,光着两只脚走路,在近处观赏树林和乡村,观察当地的风俗,倾听当地的歌曲,爱上当地的女人。……

"我在公园里坐着,天黑下来了。我的阿莉阿德娜在暮色里出现了,风度优雅,穿得漂亮,像是一个公主。鲁勃科夫跟在她身后,穿一身肥大的新衣服,大概是在维也纳买的。

"'您生什么气呢?'他正在说,'我做了什么得罪您的事?'

"她看见我,高兴得叫起来,要不是因为在公园里,她一定会搂住我的脖子了。她笑着,使劲地握我的手。我也笑,而且激动得几乎流下泪来。她开始问话:乡下怎么样,我父亲好不好,我看见她的哥哥没有,等等。她要求我看着她的眼睛,问我记不记得那些鲍鱼、我们的小口角、野餐。……

"'实际上,那些事是多么有意思啊,'她叹道,'不过我们在这儿过得也不乏味。我们交了许多朋友,我亲爱的,我的好人!明天我给您介绍本地的一个俄国家庭。只是,请您另外买一顶帽子才好,'她说,打量着我,皱起眉头,'阿巴齐亚可不是什么乡村,'她说,'在这儿得体面①。'

"后来我们走进一家饭馆。阿莉阿德娜老是笑,胡闹,叫我'亲爱的'、'好人'、'聪明人',仿佛她虽然亲眼看见我跟她在一块儿,却没法相信似的。我们照这样一直坐到十一点钟,分手的时候很满意这顿晚饭,彼此也很满意。第二天阿莉阿德娜把我介绍给一个俄国家庭:'这是一位名教授的儿子,我们是邻居,两家的庄园靠得很近。'她跟这家人只谈庄园和收成,同时老是要提到我。她想装成一个很阔绰的女地主,说真的,在这方面她装得倒也挺像。她举止得体,俨然是真正的贵族,不过话说回来,她祖上本来就是贵族。

"'可是我的舅母真要命!'她忽然说,瞧着我微

---

① 原文为法语。

笑,'我跟她拌了几句嘴,她就动身到美兰去了。真要命!'

"后来我跟她在公园里散步,我问她:

"'您刚才说的是哪一个舅母?哪儿来的这么一个舅母啊?'

"'这是临时应急的一句谎话,'她说,笑起来,'总不能让他们知道我没有一个女伴啊。'她沉默了一会儿,然后依偎着我,说,'亲人,亲爱的,跟鲁勃科夫交个朋友吧!他非常不幸啊!他的母亲和妻子简直不像样儿。'

"她对鲁勃科夫称呼'您'。她去睡觉,对他也如同对我一样,说一声:'明天见。'他们两人分住在楼上和楼下,这就给了我希望,也许什么事也没有,他们之间根本没有什么暧昧关系吧。于是我跟他见面,心里就自在多了。有一天他向我借三百个卢布,我十分乐意地借给他了。

"我们每天玩乐,光是玩乐。我们时而在公园里散步,时而吃饭,时而喝酒。我们每天都跟那一家俄国人谈天。我渐渐习惯了这儿的生活:要是我走进公园,我就一定会遇见那个生黄疸病的老人、那个天主教教士和那位奥地利将军。那位将军随身带一叠小小的纸牌,只要有空地方,他就坐下来用纸牌占卦,急躁地耸动肩膀。音乐老是那一套。在家乡,每逢我在工作日跟伙伴们一块儿出去野餐或者钓鱼,我见到农民总是觉得难为情;同样,在这儿我见到仆役们、车夫们、路上遇到的工人们也觉得难为情。我老是觉得他们好像在瞧着我,暗想:'为什么你什么事也不做呢?'这种惭愧,我是每天从早到晚都感觉到的。这些日子过得古怪,不愉快,单调。也许只有在鲁勃科夫向我借一百或者五十个盾①的时候,生活才算有点变化,因为鲁勃科夫一有钱就活泼起来,如同有吗啡瘾的人打了吗啡针一样,开始大声嘲笑他的妻子,嘲笑他自己,或者嘲笑

---

① 欧洲某些国家(荷兰、德国、奥地利)旧时金币(后改为银币)的名称。

那些债主了。

"不过后来,天多雨,冷起来了。我们就动身到意大利去。我给我父亲打了个电报,要他看在上帝分上给我汇八百卢布到罗马。我们在威尼斯、波伦亚、佛罗伦萨①等地都逗留了一阵,在每个城里总是住在昂贵的旅馆里,在那种地方,不论点电灯,使唤仆役,生火,早餐吃面包,不在公共餐厅吃饭,都是要另外付钱的。我们吃得非常多。早晨,仆役给我们送来咖啡套餐②。一点钟吃午饭:肉、鱼、某种鸡蛋饼、干酪、水果、葡萄酒。六点钟进正餐,八道菜,每道菜都要等很久,这中间我们喝啤酒和葡萄酒。九点钟喝茶。将近午夜,阿莉阿德娜宣布她饿了,就要火腿和溏心鸡蛋。我们也陪着她吃。在各餐饭之间,我们抽空跑到博物馆去,或者去看画展,不过我们老是担心,怕误了午饭或者正餐。我站在那些画面前闷闷不乐,很想回家去躺一会

---

① 这些城都在意大利。
② 原文为法语,包括牛奶咖啡、面包和黄油。

儿。我累了，老是找椅子，假意学着别人的样说：'多么美啊！什么样的气氛！'我们像吃饱的蟒蛇那样只注意那些光彩夺目的东西。商店的橱窗把我们吸引住了，我们看中那些假的钻石别针，买下一大堆不必要的无聊东西。

"在罗马也是这样。那儿在下雨，刮冷风。吃完油腻的午饭以后，我们坐上车去参观圣彼得大教堂。由于我们吃得过饱，也许还由于天气坏，总之它没有给我们留下什么印象，我们互相责难对艺术太冷淡，几乎吵起来。

"我父亲的钱汇来了。我就去取钱，我记得那是在早晨。鲁勃科夫跟我一块儿去。

"'既然有过去，现在就不可能圆满而幸福了，'他说，'我的过去给我留下沉重的负担。不过呢，有了钱就没有多大关系，要不然可就糟了。……信不信由您，我身边只剩下八个法郎，'他放低声音，继续说，'可是我得给我的妻子汇一百去，给我的母亲也得汇这么多。

再者,在这儿也得生活啊。阿莉阿德娜像个小孩子似的,不愿意设身处地替别人想一想,大把地花钱,就跟公爵夫人一样。昨天她何必买那个表呢?而且,您说说看,我们何必继续扮演这种道貌岸然的角色?要知道,她和我为了把我们的关系瞒住仆人和熟人,每天就得多花十个到十五个法郎,因为我得另住一个房间啊。这是何苦来呢?'

"那块尖石头回到我的胸膛里来了。疑团已经不存在,我一下子全明白了。我周身发凉,顿时做出决定:不要看见他们两人,躲开他们,马上动身回家去。……

"'跟女人发生关系是容易的,'鲁勃科夫接着说,'只要脱光她的衣服就行了,可是事后这成了多么大的累赘,多么无聊啊!'

"我取到钱,正在点数的时候,他说:

"'要是您不借给我一千法郎,那我就非完蛋不可。您这笔钱成了我唯一的生路了。'

"我给他钱,他立刻活跃起来,开始嘲笑他的叔叔,说他是个怪人,总是不能把自己的住址瞒过他的妻子。我回到旅馆里,收拾行李,付了旅馆费。剩下来要做的只有向阿莉阿德娜告别了。

"我就去敲她的房门。

"'进来①!'

"早晨,她的房间里凌乱得很;桌子上放着茶具,还有一个没吃完的小白面包和一个鸡蛋壳。香水的气味浓得叫人透不过气来。床上的被子还没有收拾,一眼就看得出来床上睡过两个人。阿莉阿德娜本人刚起床不久,现在穿一件法兰绒的短衫,头发也没有梳。

"我问过好,然后默默地坐了一会儿,这时候她极力把自己的头发理顺。我浑身发抖,问道:

"'为什么……为什么您写信要我到国外来?'

"她分明猜出我在想什么。她就拉着我的手,说:

---

① 原文为法语。

"'我希望您到这儿来。您是这么纯洁!'

"我开始为我的激动和我的颤抖害臊。我担心自己会哭出声来!我再也没说一句话,就走出去了,过一个钟头我已经坐在火车上。一路上,不知为什么,我一直想象着阿莉阿德娜怀了孕,她惹得我讨厌。我在火车上和车站上瞧见的一切女人,依我看来,不知什么缘故,都像是怀了孕,显出一副丑态,同样惹得我讨厌。我所处的地位活像是一个贪婪而热衷的财迷突然发现他的全部金币都是假的。很久以来,我的幻想在爱情的温暖中珍藏着一些纯洁、优雅的形象,如今那些形象以及我的计划、我的希望、我的回忆以及我对爱情和女人的看法都在嘲笑我,朝着我吐舌头。'阿莉阿德娜,'我心惊肉跳地问自己,'这样一个年轻、非常美丽、有学识的姑娘,参政员的女儿,居然跟那样一个毫无趣味的庸俗的家伙结合?''可是为什么她不能爱鲁勃科夫呢?'我回答自己说,'他在哪方面比我差?''哎,她要爱谁都由她,可是何必说谎呢?''为什么她必得对我说实话?'我就照这样想来想去,想得头都发昏了。火车上很冷。我坐的是头等客车,可是那儿的每张长沙发上要坐三个人,车窗不是双层的,外面的车门直通包房。我觉得自己仿佛上了足枷似的动弹不得,被人抛弃,孤苦伶仃,两条腿完全冻僵;可是同时,我又屡次回想今天她穿着那件法兰绒罩衫,披散着头发是多么迷人,于是一种强烈的嫉妒突然涌上我的心头,我由于内心的痛苦而跳起来,弄得我身旁的乘客瞧着我,露出惊讶的,甚至害怕的神情。

"我回到家乡正赶上大雪封路,天气严寒,气温零下二十度。我喜欢冬天,因为在家乡遇到这个季节,即使酷寒冻得树木迸裂,我却感到特别温暖。在严寒而晴朗的白昼,穿上皮袄和毡靴到花园或者院子里去干点什么活儿,或者在我那炉火很旺的房间里读书,或者在我父亲书房里的壁炉前面坐一阵,或者到我家的乡村浴室里去洗个澡,那真是愉快啊。……不过,哎,要是家里没有母亲,没有姐妹,没有孩子,冬天的傍晚就有点可怕,显得分外长,分外沉寂。四周越是温暖,越是舒服,人就越是强烈地感到这种缺陷。我从国外回来的那年冬天,每天傍晚都长得不得了,我十分寂寞,甚至寂寞得看不了书。白天还可以各处走一走,一会儿在花园里扫扫雪,一会儿喂一下鸡和小牛,可是一到傍晚,就闷死人了。

"从前我不喜欢客人,可是现在倒巴望他们来了,因为我知道客人一定会谈起阿莉阿德娜。招魂专家柯特洛维奇常来谈他的妹妹,有时候把他的朋友玛克土耶夫公爵带来,这个人爱阿莉阿德娜不下于我。在阿莉阿德娜的房间里坐一坐,按两下她的钢琴的琴键,看一看她的乐谱,这在公爵已经成了生活的需要,不这样就活不下去。他祖父伊拉里昂的阴魂仍旧在预言:她迟早会做他的妻子。公爵在我们家里照例坐很久,往往吃罢午饭一直坐到午夜才走,老是沉默不语,闷声不响地喝掉两三瓶啤酒,只是偶尔发出几声断断续续的、悲哀的傻笑,以此表示他也在参加谈话。临到要回家,

他总是把我拉到一旁,低声说:

"'您最后一次是在什么时候看见阿莉阿德娜·格里戈里耶芙娜的?她身体好吗?我想她在那边不会觉得烦闷吧?'

"春天来了。到了出外打丘鹬,然后种春麦和三叶草①的时候。人尽管心情忧郁,然而毕竟感到春意,不管有什么失意的事,都不打算耿耿于怀了。我一面在田里干活,听云雀鸣叫,一面问我自己:我难道不能干脆丢开个人幸福的问题,娶一个普通的农村姑娘?正在农忙的时节,我忽然接到一封贴着意大利邮票的信。于是三叶草啦,蜂房啦,小牛啦,农村姑娘啦,都像轻烟那样消散了。这一回阿莉阿德娜写道:她感到深深的不幸,无限的不幸。她责备我不向她伸出援助的手,却站在美德的高峰上冷眼旁观,在危急的关头丢下她。这些话都是用挺大的潦草笔迹写成的,有涂改的

---

① 一种饲料。

地方和墨斑,看得出她写得匆忙,心里难过。她在信尾恳求我到她那儿去拯救她。

"我又像是一条起了锚的船,被水冲走了。阿莉阿德娜住在罗马。夜色很深时我才到达她的住处,她一看见我就哭起来,搂住我的脖子。这个冬天她一点也没有变,仍旧那么年轻、漂亮。我们一块儿吃晚饭,后来坐着马车逛罗马城,直到天亮才回来,一路上她不停地对我讲她的生活情况,我问她鲁勃科夫在哪儿。

"'别在我面前提起那个畜生!'她叫道,'我讨厌他,他可恶!'

"'不过您好像爱过他。'我说。

"'没有的事!最初,他倒是显得与众不同,惹人怜爱,如此而已。他老脸皮,用突击的手法占有女人,而这是迷人的。可是我们不要谈他了。这是我一生中可悲的一页啊。他到俄国取钱去了,活该!我对他说过,不准他再回来。'

"她不再住在旅馆里,另租了私人的一套住处,一共有两个房间。这两个房间按她的兴趣布置得华丽,但乏味。鲁勃科夫走后,她已经向她的熟人借了将近五千法郎。我这一来,在她确实算是得救了。我原打算带她回乡,可是没有办到。她思念故乡,不过她想起她经历过的贫穷、拮据的境况,想起她哥哥家里生锈的铁皮房顶,她就憎恶,战栗。每逢我向她建议回家去,她便使劲握紧我的手,说:

"'不,不!我在那儿会闷死的!'

"随后,我的爱情就进入最后一个阶段,最后一个时期。

"'您像先前那样做我的情人,稍稍爱我一点吧,'阿莉阿德娜低下头来凑近我,说,'您阴沉,谨慎,怕感情冲动,老是考虑后果,这却是乏味的。哎,我求求您,我央告您,亲热一点吧!……我的纯洁的人,我的神圣的人,我的可爱的人,我多么爱您啊!'

"我就做了她的情人。我至少有一个月像疯子似的,高兴得忘乎所以。怀里抱着一个年轻美丽的肉体,心醉神迷,每次从睡乡中醒来都感到她的温暖,想起她,我的阿莉阿德娜,就在身边,啊,这可不容易习惯啊!可是我终于习惯下来,渐渐认识到我的新地位了。首先我体会阿莉阿德娜跟先前一样不爱我。然而她一心想认真地爱我,害怕孤独,主要的是我年轻,健康,强壮,她像一切冷酷的人那样,性欲却很强烈,我们俩装出我们是出于热烈的爱才结合在一起的。后来我又了解到另外的一些事情。

"我们在罗马,在那不勒斯,在佛罗伦萨住过一阵,后来到了巴黎,可是我们觉得那儿天冷,就回到意大利去。我们到处都自称是夫妇,是阔绰的地主,人家都乐于跟我们结交,阿莉阿德娜获得很大的成功。由于她学习绘画,大家就叫她画家。您猜怎么着,虽然她一丁点儿才能也没有,这个衔头倒也跟她相称。每天,她睡到两三点钟才起床。她在床上喝咖啡,吃早饭。到吃午饭的时候,她喝汤,吃龙虾、鱼、肉、芦笋、野味,后来临到睡觉,我总得把烤牛肉什么的送到她床上,她呢,带着苦恼、忧虑的神情吃完。午夜醒来,她还得吃苹果和橙子。

"这个女人主要的,所谓基本的品性就是惊人的不老实。她经常不断地玩花样,显然没有任何必要,似乎是出于本能,出于那种使得麻雀吱吱叫和蟑螂摆动触须的冲动。她对我,对仆役,对旅馆的看门人,对商店的售货员,对熟人,一概要耍花样。她每次跟人谈话或者相逢的时候,总免不了装腔作势,扭扭捏捏。只要有个男人走进我们的房间,不管是侍役也好,男爵也好,她的眼神、表情、嗓音顿时改变,而且连她身体的外形都变了。要是那时候您哪怕只见过她一次,您也会说在整个意大利再也不会有比我们更体面、更阔绰的人了。画家和音乐家她一个也不放过,总要对他胡说一通,恭维他的杰出的才能。

"'您是个天才嘛!'她用娇滴滴的腔调谄媚地说,'我简直怕您哟。我想,您肯定一眼就能把人看穿。'

"她搞这一套无非是为了博得欢心,取得成功,显得迷人!她每天早晨醒来,只有一个想法:'博得人家的欢心!'这就是她的生活目标和意义。假如我对她说某条街上某所房子里住着一个不喜欢她的人,那就会使她十分难受。她每天都得迷住男人,征服男人,弄得男人神魂颠倒才成。由于我被她的魔力所降伏,在她的魔力面前变得十分渺小,这使她感到了骑士比武得胜才会感到的那种快乐。她把我征服还嫌不够,每到晚上她还要像雌老虎似的摊开四肢,赤身露体(她老是嫌热),看鲁勃科夫写给她的那些信。他恳求她回俄国去,要不然,他赌咒说,他就要偷人家的钱,或者害死一个什么人,好弄到一笔钱,来找她。她恨他,然而他那些热烈的、低声下气的信使她兴奋。她对自己的魔力有异乎寻常的看法。她觉得,要是在什么地方,在一个人数众多的大会上,人们能够看见她的肉体多么美,她的肤色多么好看,她就会征服整个意大利,征服全世界。这些关于肉体,关于肤色的话使我感到受了侮辱。她看出了这一点,每逢她冒火,要故意气我,

就说出种种下流的话来挖苦我,甚至有一回在一位太太的别墅里,她勃然大怒,竟对我说:

"'要是您再不住口,老是讲这些大道理来惹得我心烦,我就立刻脱掉衣服,光着身子在这些花里躺下去!'

"看着她睡觉,或者吃饭,或者极力给她的眼神添上天真烂漫的表情,我常常暗想:上帝为什么赐给她这种不平常的美丽、优雅、智慧呀?难道只是为了让她躺在床上睡懒觉,吃东西,说谎话,没完没了地说谎话吗?再者,她真有智慧吗?她怕三支蜡烛,怕十三这个数目,怕别人用毒眼看她,怕做噩梦;讲起自由恋爱和一般的自由就像朝圣的老太婆那样唠叨;硬说包列斯拉甫·玛尔凯维奇①比屠格涅夫高明。不过她狡猾透顶,十分机灵,善于在社交场合装成一个很有修养的、进步的人。

---

① 19世纪70年代至80年代俄国的一个反动作家。

食 客 集

"哪怕在心绪畅快的时候她也会随便辱骂仆人或者掐死昆虫;她喜欢看斗牛,喜欢看有关凶杀案的新闻,看到被告无罪开释总是生气。

"要过我和阿莉阿德娜的那种生活,需要很多钱才行。我那可怜的父亲把他的养老金,他的全部小小的收入,统统汇给我,还尽力替我借钱。有一次他回答我说:'我没有了'①,我就给他打一个急电,要求他把田产抵押出去。不久以后我又要求他把田产做第二次抵押,以便筹款。这前后两个请求,他都毫无怨言地照办了,把全部款项统统汇给我,连一个小钱也没留下。可是阿莉阿德娜轻视生活实际,这些事全不在她的心上。我为了满足她那些疯狂的欲望而花掉成千的法郎,于是我像一棵老树那样发出呻吟声,她呢,却满不在乎地唱着《再会,美丽的那不勒斯》②。我渐渐对她冷下来,开始为我们的结合害臊。我原是不喜欢女人

---

① 原文为拉丁语。
② 原文为意大利语。

怀孕和生育的,然而现在有的时候却巴望有个孩子,有个孩子至少也可以成为过我们这种生活表面上的理由啊。为了不至于使自己彻底厌恶自己,我就开始游览博物馆,看画展,读书,吃得很少,不再喝酒。照这样从早到晚约束自己以后,我心里才算轻松一点。

"阿莉阿德娜也对我厌倦了。顺便说一句,她所征服的那些人都是平常人,使者和沙龙依旧没有出现,钱也不够,这就伤了她的心,使得她痛哭,最后她对我声明,她好像不反对回俄国了。喏,现在我们就在旅途上。她在动身以前最后几个月里,频繁地跟她的哥哥通信,她心里分明有秘密的打算,不过究竟是什么打算,那只有上帝知道。我已经懒得去揣摩她的鬼心思了。不过我们现在不是回乡下去,而是到雅尔塔,然后从雅尔塔去高加索。现在她只肯住在疗养地,可是但愿您知道我对这些疗养地痛恨到什么程度,在那种地方我觉得多么气闷,害臊。我现在一心想回乡下去!我现在一心想工作,用脸上的汗水挣来我的粮食,弥补我的过错。现在我觉得精力旺盛,似乎只要使出我的力量,不出五年就能赎回我家的田产。可是现在,您明白,遇到麻烦了。这儿不是在国外,而是在祖国俄罗斯,必须考虑正式结婚才行。当然,相互的吸引力已经过去,旧日的爱情连影子也没有了,然而不管怎样,我还是得跟她结婚。"

越讲越兴奋的沙莫兴同我一块儿走向下面的舱房继续谈论着女人。时间很晚了。恰好他和我住在同一个舱房里。

"现在只有在农村,女人才不落后于男人,"沙莫兴说,"在那边,女人跟男人一样思索,感觉,同样热心地为了文化而同大自然斗争。至于城里那些有钱、有知识的女人,却早已落后,返回原始状态,一半是人,一半是野兽了。由于这种女人的存在,人类的天才所争取到的很多东西已经丧失。女人渐渐消灭,由原始的雌性动物占据了她们的位子。知识妇女的这种落后形成严重的危机,威胁着文化。女人在退化运动中极力拉着男人跟她们走,妨碍男人前进。这是毫无疑义的。"

我问道:怎么能一概而论呢?怎么能根据阿莉阿德娜一个人来论断所有的女人呢?我认为,妇女对教育和两性平等的追求就是对于正义的追求,单是这种追求本身就否定了有关退化运动的说法。然而沙莫兴几乎不听我说话,不相信地微微笑着。这人已经成为妇女的热烈而坚定的憎恨者,要叫他放弃信念是办不到的。

"哎,算了吧!"他打岔说,"既然女人不把我看作人,看作跟她平等的人,却看作雄性的动物,而且她一生操心的仅仅是博得我的欢心,也就是占有我,那么这还谈得到什么充分公民权呢?哎,您可别相信她们,她们是非常非常狡猾的!我们男人为她们的自由操心,可是她们根本不需要这种自由,只不过装出需要的样子罢了。狡猾极了,狡猾得可怕哟!"

我已经觉得争论乏味,想睡觉了。我就翻一个身,脸对着墙。

"是啊,"我半睡半醒地听到他在说话,"是啊。这一切都要归咎于我们的教育,老兄。在城市里,对妇女的全部教育和培养实质上在于把妇女造就成为半人半兽,也就是教她们博得男人的欢心,能够征服男人。是啊,"沙莫兴叹道,"必须让女孩跟男孩一块儿受教育,学习,让他们永远在一起才对。应当把妇女教育得能够像男人那样认识到自己的错误;要不然,按她们自己的看法,她们永远是对的。要让女孩从小就明白男人首先不是爱人,也不是求婚者,而是在各方面跟她们一样的人。要教会她们按照逻辑思考,进行概括,不要一味对她们说她们的脑子比男人的轻,因而可以不关心科学和艺术,总之,不关心文化工作。鞋匠或者油漆匠的小学徒的脑子也比成年男人的脑子小,可是他参加共同的生存斗争,干活,受苦。还应当抛弃那种在生理方面,在怀孕和生育方面寻找借口的习气,因为第一,女人不是每个月都生孩子,第二,不是所有的女人都生孩子,第三,正常的农村妇女在分娩的前一天在田里干活也不会出什么乱子。其次,在日常生活中应当做到最充分的平等。如果男人给女人端椅子,或者替她们拾起掉在地下的手绢,那就让女人也照这样回报男人。要是一个好人家的姑娘帮我穿大衣,或者给我端上一杯水,我是丝毫也不会反对的。……"

下面的话我一点也没有听见,因为我睡着了。第二天早晨我们快要到达塞瓦斯托波尔的时候,天气潮湿,令人不快。船身不住地摇晃。沙莫兴跟我一块儿坐在甲板室里。他不知在想些什么,一句话也不说。那些竖起大衣领子的男人和脸色苍白、带着睡意的太太们听到通知喝茶的铃声,就陆续走下甲板。有一个年轻而十分漂亮的太太,也就是在沃洛奇斯克对海关官员发脾气的那位太太,在沙莫兴面前站住,带着任性的、像撒娇的孩子那样的神情对他说:

食客集

"让①,你的小鸟儿晕船了!"

后来,我住在雅尔塔,看见这位漂亮的太太骑着一匹溜蹄马奔驰,后面两个军官几乎跟不上她。有一天早上,我还看见她坐在堤岸上,戴着弗利季亚帽②,系着一条小围裙,用颜料画一幅习作,离她不远处站着一大群人在欣赏她。经人介绍,我跟她相识了。她紧紧地握住我的手,带着痴迷的神情瞧着我,用甜蜜的、歌唱似的声音向我道谢,说是我的作品给了她很大的快乐。

"别相信她的话,"沙莫兴悄悄地对我说,"您的作品她一篇也没看过。"

有一天黄昏前我在堤岸上溜达,遇见沙莫兴。他抱着几个很大的纸包,那里面是凉菜和水果。

"玛克土耶夫公爵来了!"他高兴地说,"昨天他跟

---

① 法国的人名,相当于俄国的伊凡。
② 锥形高帽,尖顶向前倾折,通常为红色,被认为自由的象征,法国大革命时雅各宾党人曾戴这样的帽子。

她那迷信招魂术的哥哥一块儿来的。现在我才明白当初她跟她哥哥通信说了些什么！主啊，"他眼望着天空，把那些纸包按在他的胸膛上，接着说，"要是她跟公爵配成一对，那我可就自由啦，我就可以回乡下去找我的父亲了！"

说完，他往前跑去。

"我开始相信那些魂灵了！"他回过头来，对我喊道，"伊拉里昂爷爷的魂灵似乎预告的是真事！啊，但愿如此！"

这次相逢以后第二天，我从雅尔塔动身走了，至于沙莫兴的爱情故事是怎样结束的，我就不得而知了。

带阁楼的房子

画家的故事

一

这是六七年前的事了,当时我在某省某县,住在地主别洛库罗夫的庄园上。他是个青年人,起床很早,平时穿着腰部带褶的长外衣,每到傍晚就喝啤酒,老是对我抱怨说,他从没得到过任何人的同情。他在花园中一所小房里住着,我却住在地主的老宅子一个有圆柱的大厅里,那儿除了我用来睡觉的一张宽阔的长沙发和我用来摆纸牌卦①的一张方桌以外,别的家具一无所有。那儿的一个亚摩司式的旧火炉里,哪怕在没风的天气,也老是发出轻微的嗡嗡声,而在暴风雨的时候,整个房子就都颤摇,仿佛要咔嚓一声倒下来,土崩瓦解似的,特别是夜里,所有十个大窗子突然被闪电照亮,那才有点吓人呢。

我命中注定了经常闲散,简直什么事也不做。我一连几个钟头从我的窗子里望出去,瞧着天空,瞧着飞鸟,瞧着林荫道,或者把邮递员给我送来的信件报纸之类统统读完,或者睡觉。有的时候我走出房外,到一个什么地方去散步,直到暮色很深才回来。

有一次我走回家来,无意中闯进一个我不熟识的庄园里去了。太阳已经在落下去,黄昏的阴影在开花的黑麦地里铺开来。有两行老云杉立在那儿,栽得很密,生得很高,好比两堵连绵不断的墙,夹出一条幽暗

---

① 摆纸牌猜卦。

而美丽的林荫道。我轻巧地越过一道栅栏,顺着那条林荫道走去,地上盖着云杉的针叶,有一俄寸厚,走起来滑脚。那儿安静而阴暗,只有树梢高处有的地方颤抖着明亮的金光,蜘蛛网上闪着虹彩。空中有一股针叶的气味,浓得叫人透不出气来。后来我拐一个弯,走上一条两旁是椴树的长林荫道。这儿也荒凉而古老,去年的树叶悲伤地在我的脚下沙沙响。树木之间的昏光里隐藏着阴影。右边古老的果园中有一只金莺用微弱的嗓音不起劲地歌唱,它一定也老了。可是后来椴树林也到了尽头,我走过一所有露台而且带阁楼的白房子。出乎意外,我的眼前豁然开朗,出现了一个地主的庭院,一个宽阔的池塘,边上有个浴棚,栽着一丛碧绿的柳树。对岸有一个村子,矗立着一座高而窄小的钟楼,楼顶上的十字架映着夕阳,像在燃烧。一时间,我感到一种亲切而又很熟悉的东西的魅力,倒好像以前我小的时候见过这些景物似的。

一个石砌的白色大门口由院子里通到野外,大门古老而坚固,上面雕着狮子,门口站着两个姑娘。其中年纪大一点的那个,生得苗条,苍白,很美,头上的栗色密发蓬蓬松松,长着一张倔强的小嘴,神态严峻,看也不看我。另一个还十分年轻,不过十七八岁,也苗条而苍白,生一张大嘴和一双大眼睛,看见我路过就惊奇地瞧着我,说了句英国话,神情忸怩。我觉得那两张可爱的脸以前也好像早就认识似的。我一面走回家去,一面觉得仿佛做了一场美梦。

这以后不久,有一天中午,我和别洛库罗夫正在我们的房子附近散步,忽然出乎意外,有一辆安着弹簧的四轮马车沙沙响地滚过草地,走进院子里来,车上坐着的就是那两个姑娘当中的一个。她是年纪大一点儿的那个。她是带着认捐单来替遭了火灾的人募捐的。她眼睛没有看着我们,严肃而详尽地向我们说明西亚诺沃村有多少所房子烧毁,有多少男女村民和儿童无家可归,救灾委员会初步打算采取什么步骤,而她现在就是那个委员会的一个成员。她要我们写下认捐的款项以后,收起认捐单,立刻开始告辞。

"您完全忘了我们,彼得·彼得罗维奇,"她对别洛库罗夫说,向他伸出手去以便握手,"您来吧,如果某某先生(她说出我的姓)愿意看一看他的才能的崇拜者在怎样生活而光临寒舍,我的母亲和我是会很高兴的。"

我鞠躬。

她走后,彼得·彼得罗维奇讲起来。这个姑娘,依他的说法,是上流人家出身,名叫莉季娅·沃尔恰尼诺娃,她同母亲和妹妹所住的庄园,如同池塘对岸的村子一样,都叫谢尔科夫卡。她父亲从前在莫斯科地位显赫,做到三品文官,后来去世。尽管广有家财,沃尔恰尼诺娃一家人却不论冬夏总是住在乡下,从不离开。莉季娅在她们的谢尔科夫卡村一个由地方自治局开办的学校里做一名教师,每个月领二十五个卢布的薪金。她自己的用项全靠这笔钱开支,由于自食其力而感到自豪。

"是个很有趣的家庭,"别洛库罗夫说,"也许,过一天我们到她们家里去一趟吧。她们见到您会很高兴。"

有一个假日,我们吃过中饭以后,想起沃尔恰尼诺娃一家人,就动身到谢尔科夫卡去。她们,母亲和两个女儿,都在家。母亲叶卡捷琳娜·帕夫洛夫娜以前大约很美,现在却未老先衰,害着哮喘病,神态忧郁,精神恍惚,极力跟我谈绘画。她从女儿那儿知道我也许会到谢尔科夫卡来,就连忙回想她在莫斯科的画展上见过我的两三张风景画,现在就问我在那些画里打算表现什么。莉季娅,或者按她在家里的称呼,莉达,大半在跟别洛库罗夫说话,很少跟我谈天。她神情严肃,不带笑容地问他为什么不到地方自治局去工作,为什么地方自治局的会议一次也没有参加过。

"这不好,彼得·彼得罗维奇,"她责备道,"这不好。该害臊才是。"

"说得对,莉达,说得对,"母亲同意道,"这不好。"

食 客 集

"我们全县都由巴拉京把持在手心里,"莉达转过身来对着我,继续说,"他自己做地方自治局执行处主席,把县里所有的职位都分给他那些侄子和女婿,想干什么就干什么。必须斗争才行。青年人应当组成强有力的一派,可是您看,我们的青年人是什么样子。该害臊才是,彼得·彼得罗维奇!"

妹妹叶尼娅在他们议论地方自治局的时候,没有开口。她从不参加严肃的谈话,家里的人还没有把她看成大人,由于她小而叫她米修司,因为她小时候就是把她的家庭女教师叫做 Mucc① 的。她一直带着好奇心瞧我,临到我翻看照片簿,她就解释说:"这是舅舅……这是教父。"而且伸出小小的手指头指点照片。这时候她就像小孩子那样把肩膀挨着我,我就近看见了她那柔弱而没有发育起来的胸脯、消瘦的肩膀、发辫、由腰带勒紧的苗条身材。

---

① 英语:小姐的译音。

我们玩槌球,打 lown-tennis①,在花园里散步,然后在晚饭席上坐很久。在立着圆柱而且又大又空的厅里住过以后,来到这个不大而又舒适的房子里,看见墙上不贴粗俗的彩色画片,听见大家对仆人一律称呼"您",我感到颇为自在。由于有莉达和米修司在场,在我的心目中一切都显得年轻而纯洁,一切都带着正派的意味。晚饭席上,莉达又对别洛库罗夫谈起地方自治局,谈起巴拉京,谈起学校图书室。她是个活跃、真诚、有信念的姑娘,听她讲话是有趣的,只是她讲得太多,声音太响,也许这是因为她在学校里讲课讲惯了吧。可是我的彼得·彼得罗维奇从大学时代起就养成习惯,喜欢把一切谈话都变成争论,而且讲起话来枯燥无味,疲沓冗长,明明要显出他自己是个聪明进步的人。他比划手势,而他的袖子却带翻了佐料碟,弄得桌布上湿了一大摊,不过除了我以外,好像谁也没看见

---

① 英语:网球(原文如此)。

似的。

我们回家的路上,黑暗而清静。

"良好的教养不是表现在自己不把佐料碟碰翻在桌布上,而是表现在别人做出了这样的事,自己只做不看见。"别洛库罗夫说,叹了口气,"是啊,这是很好的、有知识的一家人。我已经跟上流人隔绝了,唉,完全隔绝了!而这全是因为工作,工作啊!"

他讲起人要是做一个模范的农业经营者,就非辛苦工作不可。我却心里暗想:他是个多么沉闷懒散的人!他一严肃地谈到什么事,就紧张地拖长"啊"的尾音,工作起来也像说话那样慢吞吞,老是迟误,错过时机。我对他的办事才干是不大相信的,因为我托过他把信带到邮局去寄,他却一连几个星期揣在口袋里忘了寄。

"最痛心的,"他跟我并排走着,嘟哝说,"最痛心的是辛辛苦苦地工作却得不到任何人的同情。一点同情也得不到!"

二

我从此常到沃尔恰尼诺娃家里去,照例我在露台的下面一层台阶上坐着。我被不满意自己的心情煎熬着,为我的生活惋惜,它过去得那么快,那么没有趣味。我老是在想:我的心变得那么沉重,要能把它从胸膛里挖出去才好。同时露台上有人在说话,或者可以听见连衣裙的窸窣声,或者有人在翻书页。不久我就习惯了这儿的生活:白天莉达总是给病人看病,分发书籍,常常不戴帽子,打着阳伞到村子里去,傍晚就大声谈论地方自治局,谈论学校。这个苗条美丽、神态永远严峻、小嘴轮廓优美的姑娘开口谈正事的时候,总是干巴巴地对我说:

"您对这种事是不感兴趣的。"

她对我没有好感。她所以不喜欢我,是因为我是风景画家,不在我的图画里画人民的困苦,而且依她看来，我对她所坚定地相信的工作是漠不关心的。我不由得想起从前我在贝加尔湖①畔遇到过一个布略特族的姑娘,穿着中国蓝布的衬衫和裤子,骑着马,我问她能不能把她的烟袋卖给我。我们谈话的时候,她轻蔑地瞧着我的欧洲人的脸容和帽子,不一会儿就懒得跟我讲话,吆喝着马,疾驰而去。莉达恰好也是这样把我看做外路人而蔑视我。外表上她一点也不露出厌恶我的样子,不过这一点我是能感觉到的,于是我坐在露台的下面一层台阶上,生出一肚子闷气,就说,自己不是医生而给农民治病,无异于欺骗农民,再者自己有两千俄亩土地而要做慈善家,那是很容易的。

至于她的妹妹米修司,却丝毫也没有什么操劳的事,跟我一样十足悠闲地打发她的生活。她早晨起床以后,立刻拿过一本书来,在露台上一把很深的圈椅上坐下,两只小小的脚几乎挨不到地,开始看书,要不然

---

① 在西伯利亚的东部,中国境外的西北部(顺便提到,1890 年契诃夫赴库页岛时路过此地)。

就拿着书躲到椴树的林荫道上去,再不然索性走出大门以外,到旷野去。她成天价读书,贪婪地看着书本,只因为她的目光有的时候变得疲乏而呆板,而且她的脸色极其苍白,别人才能猜出这种阅读使得她的脑筋多么劳累。每逢我到这儿来,她见到我就微微涨红脸,活泼起来,睁着她的大眼睛,讲起家里发生的事,例如仆人的房间里煤烟起了火,或者工人在池塘里捉到一条大鱼。平日她照例穿着淡色的衬衫和蓝色的裙子。我们一起散步,摘些樱桃做果酱用,或者划船。每逢她跳起来够樱桃,或者划动船桨,她的瘦弱的胳膊就从肥大的衣袖里露出来。或者我在画一个速写稿,她就站在一旁,看得出了神。

七月末一个星期日,早晨九点钟光景,我来到沃尔恰尼诺娃家里。我在花园里蹓跶,离正房相当远,寻找白蘑,今年夏天这种菌生得多极了。然后我在白蘑旁边做上记号,准备以后跟叶尼娅一块儿来采。空中刮着暖和的风。我看见叶尼娅和她的母亲都穿着假日的浅色连衣裙,从教堂走回家来,叶尼娅拉住帽子,怕风吹掉。后来我听见她们在露台上喝茶。

对我这个一无牵挂而且为我的经常闲散寻找理由的人来说,夏天,在我们庄园里,这类假日的早晨总是格外迷人的。每逢碧绿的花园还沾着露水,在阳光下闪闪发光,显得那么幸福,每逢房子附近弥漫着木樨草和夹竹桃的香气,青年人刚从教堂里回来,在花园里喝茶,每逢大家都装束得那么可爱,高高兴兴,每逢你知道所有这些健康、饱暖、美丽的人在这漫长的一整天里什么事也不会做,你就不由得希望整个生活都能这样才好。现在我就是这样想着,在花园里走来走去,准备照这样没有工作、没有目标地走它一整天,走它整整一个夏季。

叶尼娅提着一个篮子走来。她脸上带着那么一种神情,仿佛知道或者预感到会在园子里找到我似的。我们采菌,谈话,每逢她问我什么话,她就走到前边去,看一看我的脸。

"昨天我们村子里发生了奇迹,"她说,"瘸腿的女人佩拉格娅病了整整一年,任什么医师和药物都无济于事,可是昨天来了一个老太婆,嘴里念了一阵,病就好了。"

"这算不了什么,"我说,"不应当光是在病人和老太婆身上寻找奇迹。难道健康就不是奇迹?还有生活本身呢?凡是不能理解的东西,那就是奇迹。"

"您对不能理解的东西就不害怕?"

"不。我见着我不理解的现象,总是勇敢地迎上前去,不对它屈服。我比它们高。人应当感到自己高于狮子、老虎、繁星,高于自然界的万物,甚至高于不可理解的以及似乎是奇迹的东西,否则他就算不得人,而是见着什么都怕的老鼠。"

叶尼娅认为我既是艺术家,就知道很多的东西,而且能够准确地猜出我不知道的东西。她希望我把她领到永恒和美的领域里去,领到我必定十分熟悉的、高一等的世界里去。她跟我谈上帝,谈永恒的生活,谈奇迹的东西。我不承认在我死后我和我的想象力会永久消灭,就回答说:"是的,人是不朽的","是的,永恒的生活在等待我们"。她听着,相信了,也不要求我提出证据来。

我们往正房走去,她忽然停住脚,说:

"我们的莉达是个了不起的人。不是这样吗?我热烈地爱她,随时能为她牺牲我的性命。不过您说说看,"叶尼娅伸手摸了摸我的衣袖说,"您说说看,为什么您总是跟她争论?为什么您生气呢?"

"因为她说得不对。"

叶尼娅不以为然地摇头,眼泪涌上了她的眼眶。

"这是多么不可理解啊!"她说。

这时候莉达不知刚从哪儿回来,站在门廊那儿,手里拿着马鞭子,苗条,美丽,照着阳光,在对一个工人交代什么话。她匆匆忙忙,大声说话,给两三个病人看过病,后来带着办事的操心脸色走遍各处房间,时而打开这个立柜,时而打开那个立柜,不久又走上阁楼去。大家找了她很久，叫她吃午饭，可是直到我们吃完菜汤，她才来吃。所有这些琐碎的细节不知什么缘故我至今都记得，而且很喜爱，就连那一整天，虽然没发生什么特别的事，我也记得很清楚。饭后叶尼娅靠在一把深圈椅里看书，我在露台的底下一层台阶上坐着。我们没有讲话。整个天空乌云四合，下起稀疏的细雨。天热，风早已止住，仿佛这一天永远不会结束似的。叶卡捷琳娜·帕夫洛夫娜走到露台上我们这边来，带着睡意，摇着扇子。

"啊，妈妈，"叶尼娅说，吻她的手，"白天睡觉对你身体是有害的。"

她们相亲相爱。一个人走进花园里，另一个人就站在露台上，瞧着树林，叫道："喂，叶尼娅！"或者："妈妈，你在哪儿呀？"她们两个人老是一块儿祷告，有共同的信仰，即使不讲话，也彼此了解得很清楚。她们对外人的态度也相同。叶卡捷琳娜·帕夫洛夫娜不久也跟我处熟，相好了，只要我有两三天没去，就打发人来问我身体好不好。她也像米修司那样热心地瞧我的画稿,也那么不嫌烦琐,一老一实地告诉我发生了一些什么事,常常向我透露她的家庭秘密。

她对大女儿是极其尊崇的。莉达从来也不撒娇,只讲严肃的事。她过着她的独特的生活,在母亲和妹妹的心目中是一个神圣而略微带点神秘的人,犹如水兵看待老是坐在舰长室里的海军上将一样。

"我们的莉达是个了不起的人,"母亲说,"不是吗?"

这时候细雨飘飞,我们谈起了莉达。

"她是个了不起的人,"母亲说,然后像阴谋家那样压低了嗓子,战兢兢地回头看一眼,补充说,"这样的人是白天打着灯笼也找不到的,不过呢,您知道,我却也渐渐有点担心了。学校啦,药房啦,书本啦,这些都挺好,可是何必走极端呢?要知道,她已经二十三岁出头,现在总应该认真想一想自己了。老是这么为书本和药品忙碌,却没有看见生活在过去……应该出嫁了。"

叶尼娅由于专心看书而面色苍白,头发蓬乱,微微抬起头来,仿佛自言自语似的,瞧着母亲说:

"妈妈,一切都是天意!"

她又埋下头去看书。

别洛库罗夫来了,穿着腰部带褶的长外衣和绣花衬衫。我们玩槌球,打网球,后来天黑了,我们在晚饭席上坐很久,莉达又讲起学校,讲起把全县把持在手里的巴拉京。这天傍晚我从沃尔恰尼诺娃家里出来,带走了长而又长和闲散无事的这一天的种种印象,忧郁地感到人世间的一切事情不管多么长久,总是要完结的。叶尼娅把我们送到大门口,也许因为这一天从早到晚我都是跟她在一起度过的,我觉得我缺了她似乎感到寂寞无聊,觉得这个可爱的家庭对我来说是亲近的,于是在这整个夏季当中我头一次起意要认真画我的画了。

"您说说看,为什么您生活得这么枯燥无味,毫无光彩?"我跟别洛库罗夫一块儿走回家去,对他说,"我的生活乏味,沉闷,单调,那是因为我是个画家,我是个怪人,我从年轻的时候起嫉妒、不满意自己、不相信自己的工作之类的心情就把我折磨得好苦,我素来贫穷,我是个流浪汉。可是您呢,您是个健康正常的人,是地主,是主人,那您为什么生活得这么没有趣味,从生活里取得的这么少呢?比方说,您为什么至今没爱上莉达或者叶尼娅呢?"

"您忘了我爱着另外一个女人。"别洛库罗夫回答说。

他指的是他的女伴柳博芙·伊万诺夫娜,跟他同住在那所小房里。我每天看见那个极其丰满而近乎肥胖的女人神态尊严,近似一只养得过肥的母鹅,在花园里散步,穿着俄国式的衣服,戴着项链,老是打着阳伞,仆人不时去叫她吃饭或者喝茶。三年前她租下一间厢房做别墅用,就此在别洛库罗夫家里住下,看样子要永远住下去了。她比他年纪大十岁,把他管束得很严,每次他走出家门,都要先征得她的许可。她常用男人的嗓音痛哭,在那样的时候我就打发人去对她说,如果她不止住哭,我就从宅子里搬走,她才不哭了。

等我们走到家里,别洛库罗夫就在长沙发上坐下,皱起眉头思索着。我开始在大厅里走来走去,感到一阵淡淡的激动,就像在恋爱似的。我有心谈一谈沃尔恰尼诺娃一家人。

"莉达只能爱像她那样热中于医院和学校的地方自治工作者,"我说,"啊,为了那样的姑娘,不但可以做地方自治工作者,甚至不妨像神话所说的那样穿破铁鞋呢。还有米修司呢?这个米修司多么可爱啊!"

别洛库罗夫开始讲一种时代病:悲观主义,说得很长,拖着长音念"啊"字。他讲得振振有辞,从他的声调听起来倒好像我在跟他争论似的。你看见一个人坐在那儿,不住说话,不知道他什么时候才会走掉,那你心中郁闷透了,哪怕几百俄里方圆的荒凉单调而又干枯的草原也不致引起这样的郁闷。

"问题不在于悲观主义,也不在于乐观主义,"我气愤地说,"而在于一百个人当中倒有九十九个没脑筋。"

别洛库罗夫认为这话指的是他,生了气,走掉了。

三

"公爵在马洛泽莫沃村做客,问你好,"莉达不知从哪儿回来,脱着手套,对母亲说,"他讲了许多有趣的事……他答应在全省会议上重提在马洛泽莫沃村开设医疗所的问题,不过他说:希望不大。"然后她转过身来对我说:"对不起,我总是忘记您对这种事不会发生兴趣。"

我感到气愤。

"为什么不会发生兴趣呢?"我问,耸起肩膀,"这只不过是您不愿意知道我的意见罢了,不过我向您保证,我对这个问题是很感兴趣的。"

"是吗?"

"是的。依我的看法,在马洛泽莫沃村设立医疗所是完全不需要的。"

我的气愤感染了她。她瞧着我,眯细眼睛,问道:

"那么什么才需要?风景画吗?"

"连风景画也不需要。什么都不需要。"

她脱完手套,打开刚才邮递员送来的报纸。过一分钟,她分明按捺住她的怒火,轻声说:

"上个星期安娜因为难产而死掉了,可是如果附近有个诊疗所,她就会活下来。连风景画家先生们,我觉得,在这方面也得有某种信念才对。"

"我在这方面有很明确的信念,我向您担保,"我回答说,她却用报纸遮住她的脸,仿佛不愿意听似的,"照我看来,医疗所啦,学校啦,读书室啦,药房啦,在现在条件下是只为奴役服务的。人民已经被一条巨大的锁链拴住,您不是砍断这条锁链,反而添上些新的环节,这就是我的信念。"

她抬起眼睛来瞧着我,冷冷地一笑。我极力抓住我的主要思想,继续说道:

"重要的不是安娜死于难产,而是所有那些安娜、玛芙拉、佩拉格娅从一大早到天黑弯着腰操劳,由于力不胜任的劳动而生病,一生一世为挨饿和生病的孩子发抖,一生一世害怕死亡和疾病,一生一世医病,很早就憔悴,很早就苍老,在污秽和恶臭当中死掉。她们的孩子长大了,重演那套旧故事,这种情形已经有好几百年,千千万万的人只为有一口饭吃而生活得比牲畜都不如,经常担惊害怕。他们的处境的全部惨痛就在于他们没有工夫想到他们的灵魂,没有工夫想到他们的形象和样式①。饥饿、寒冷、牲畜般的恐惧、繁重的劳动,像雪崩那样压下来,把他们通往精神活动的条条道路全部堵死,而精神活动才是人和牲畜的区别所在,才是唯一使人值得生活下去的东西。您用医院和学校去

---

① 指上帝或人的尊严,典出《旧约·创世记》:"神说,我们要照着我们的形象,按着我们的样式造人。"

帮助他们，可是您用这些东西并没有解除他们的桎梏，反而加深了他们的奴役状态，因为您给他们的生活里带来了新的迷信，给他们增添了需求的项目，更不要说他们为了买发泡膏和书本就得付钱给地方自治局，因而就得更加弯着腰劳动了。"

"我不想跟您争论，"莉达放下报纸说，"这种话我已经听见过了。我只想对您说一句：人不能揣起手坐着不动。不错，我们没有拯救人类，而且也许在许多方面还犯了错误，不过我们是在做我们所能做的事，那我们就是对的。有文化的人最崇高神圣的任务就在于为人们服务，我们就是在尽我们的能力服务。您不满意，可是话说回来，一个人做事不能叫人人都满意。"

"说得对，莉达，说得对。"母亲说。

有莉达在座，她总是胆怯，一面讲话，一面不安地瞧着她，生怕自己说出什么多余的或者不得当的话来。她从不反驳她的话，总是同意；说得对，莉达，说得对。

"教农民识字，给他们看思想冬烘和文笔粗俗的书本,为他们开设医疗所,那是既不能消除蒙昧,也不能减少死亡率的,就像您窗子里的光照不亮广大的花园一样,"我说,"您没有给他们任何好处。您干预这些人的生活的结果,无非是创造了新的需求,新的劳动理由而已。"

"哎呀,我的上帝,可是要知道,人总得做事才行!"莉达懊恼地说,从她的口气里可以听出她认为我的见解无聊,而且鄙视它。

"必须把人从繁重的体力劳动里解放出来,"我说,"必须松掉他们的枷锁,给他们喘息的时间,让他们不致一辈子守在炉灶和洗衣盆旁边,守在田野上,也有时间考虑灵魂,考虑上帝,可以广泛地发挥他们的精神能力。每个人的使命就在于精神活动,在于探讨真理和生活意义。等到您使得粗笨的、牲畜般的劳动在他们成为不必要,使得他们感到自由,那您就会看出那些书本和药房是什么样的嘲弄了。人一旦认识到自己的真正使命,那么能够满足他的就只有宗教、科学、艺术，而不是那些无聊的东西。"

"解除劳动！"莉达冷笑道，"难道这是可能的吗？"

"可能。您自己分担一份他们的劳动就行。如果我们大家，城市和乡村的居民们，无一例外，全体同意：凡是人类用来满足生理需要而耗费的劳动由大家平均承担，那我们每个人也许一天只要工作两三个钟头就够了。请您设想一下，我们大家，富人和穷人，每天只工作三个钟头，我们其余的时间一概是空闲的。您再设想一下，为了少依赖体力，少辛苦，我们发明机器来代替劳动，而且极力把我们的需求的项目减少到最低限度。我们锻炼我们自己，锻炼我们的孩子，让他们不怕饥饿、寒冷，让我们不致像安娜、玛芙拉、佩拉格娅那样经常为她们的健康发抖。请您设想一下，我们不医病，不开药房、烟厂、酿酒厂，那么最后我们会剩下多少空闲的时间！我们大家就共同把这种闲暇献给科学和艺术。如同有的时候整个村社的农民一齐出动去修路一样，我们大家也齐心合力去探求真理和生活的意义，那么,我相信,真理会很快为人们所发现,人类就会摆脱对于死亡的那种经常痛苦不堪的恐惧,甚至会摆脱死亡本身。"

"不过,您自相矛盾,"莉达说,"您说科学,科学,可是您又反对识字。"

"我反对的是在只有酒店的招牌可看和偶尔有几本看不懂的书可读的情况下教人识字。这样的识字从留里克①时代起就延续下来,果戈理的彼得鲁希加②早就会读书,可是乡村呢,留里克时代是什么样子,现在也还是什么样子。需要的不是识字,而是广泛发挥精神能力和自由。需要的不是小学,而是大学。"

"您也反对医学。"

"是的。医学只有在以疾病作为自然现象加以研

---

① 留里克,俄罗斯的建国者,862 至 879 年在位。
② 俄国作家果戈理的长篇小说《死魂灵》中主人公乞乞科夫的仆人。

究而不是为了医病的时候才是需要的。真要是谈医治，那么要医治的也不应当是病，而是病因。消除了主要的病因，体力劳动，那就不会有病。我不承认治病的科学，"我激动地继续说，"科学和艺术，如果是真正的科学和艺术，那就不是致力于暂时的目标，不是致力于局部的目标，而是致力于永恒而普遍的目标。它们寻求真理和生活意义，探索上帝和灵魂。如果把它们同当代的贫困和怨恨结合在一起，同药房和图书室结合在一起，那它们反而会使生活复杂，加重生活负担。我们有许多医师、药剂师、律师，识字的人也多起来，然而生物学家、数学家、哲学家、诗人却完全没有。人的全部智慧、全部精神力量都用在满足暂时的、转眼就过去的需要上了……科学家、作家、画家都在紧张地工作，由于他们的努力，生活的舒适在一天天地增长，肉体方面的需求在加多，可是真理却还远得很，人像以前一样仍旧是最残暴卑劣的野兽，整个局势趋向于人类大多数退化，永远失去一切生活能力。在这样的条件下，画家的生活是没有意义的,他越有才能,他的地位就越古怪,越不可理解,因为仔细一看,原来他工作是供残暴卑劣的野兽消遣,维护现行社会制度的。我现在不想工作,将来也无意工作……什么都不需要,叫这个世界掉到地狱里去才好!"

"米修司,你出去。"莉达对妹妹说,显然认为我的话对那样年轻的姑娘有害。

叶尼娅凄凉地看一看姐姐和母亲,走出去了。

"凡是打算为自己的漠不关心辩解的人,总是说这一类的漂亮话,"莉达说,"否定医院和学校,比治病和教书容易得多。"

"说得对,莉达,说得对。"母亲同意道。

"您口口声声说您不工作了,"莉达继续说,"显然,您对您的工作估价很高。那我们就不要再争吵,我们永远也谈不拢,因为您方才那么鄙夷地评价过的图书室和药房,即使设备极不完善,我也认为高于世界上的一切风景画。"说完,她立刻转过脸去对着她的母亲,用完全不同的口气说:"公爵自从到我们这儿来过以后,瘦得多,模样大变了。他们要把他送到维琪①去。"

她对她母亲谈公爵,是为了不跟我说话。她脸色通红,为了掩盖她的激动,她像近视眼那样,弯下腰去凑近桌子,做出看报的样子。我再坐下去,就会惹人不愉快。我就告辞,回家去了。

四

外面很安静,池塘对面的村子已经睡熟,一点灯火也看不见,只有池塘的水面上映着繁星的淡光而微微发亮。在雕着狮子的大门旁边,叶尼娅站着不动,她在等我,为的是送我一程。

"村子里大家都睡了,"我对她说,极力在黑地里

---

① 法国城名,那儿有矿泉,是疗养地。

看清她的脸,见到一对悲伤的黑眼睛瞧着我,"酒店老板和偷马贼都安然地睡了,而我们这些上流人却互相生气,争吵不休。"

那是八月间一个忧郁的夜晚,其所以忧郁,是因为已经有秋意了。月亮正在从紫红的云里钻出来,略微照亮道路以及两旁乌黑的冬麦田。常有星星坠落下来。叶尼娅跟我并排在道路上走着,她极力不看天空,免得看见陨落的星星,不知什么缘故那些星使她害怕。

"我觉得您说得对,"她说,由于夜间的潮气而冷得发抖,"如果人们能够共同献身于精神活动,他们不久就会了解一切。"

"当然。我们是高级生物,如果我们真正认清人类天才的全部力量,只为高尚的目标生活,我们就会变成跟天神一样。可是这种事永远不会发生,人类会退化,天才连影踪也剩不下。"

等到大门已经看不见,叶尼娅就停住脚,匆匆握一下我的手。

"晚安,"她颤抖着说,她身上只穿着一件衬衫,冷得缩起脖子,"您明天来吧。"

我想到只剩下我一个人生闷气,对自己和别人都不满意,就害怕起来,也极力不去看那些陨落的星星。

"您再陪我一会儿吧,"我说,"我求求您。"

我爱叶尼娅。我所以爱她,大概是因为她总是接我和送我,因为她温柔热情地瞧着我。她的苍白的脸、她的细脖子、她的瘦胳膊、她的娇弱、她的闲散、她的书,都是多么美丽动人!智慧吗?我不能断定她有不同寻常的智慧,不过我欣赏她眼界开阔,这也许是因为她的想法跟严峻美丽而不喜欢我的莉达不同。叶尼娅爱我是因为我是画家,我的才能征服了她的心。我满心想只为她一个人绘画,我把她幻想成我小小的皇后,跟我一块儿去占领那些树木、田野、迷雾、彩霞,占领那美妙迷人的大自然,而在那里我一直感到孤独得心灰意懒,感到我是个多余的人。

"您再留一会儿吧,"我要求说,"我求求您了。"

我脱掉我身上的大衣,披在她的受冻的肩膀上。她怕穿着男人的大衣显得可笑而难看,就笑起来,把它扔在地下。这时候我就抱住她,不住地吻她的脸、肩膀、手。

"明天见!"她轻声说,小心地、仿佛生怕侵犯夜晚的宁静似的,拥抱我,"我们一家人之间是不隐瞒彼此的秘密的,我得马上去告诉妈妈和姐姐……这真可怕!妈妈倒没什么,妈妈喜欢您,可是莉达呀!"

她往大门口跑去。

"再见!"她叫道。

然后有两分钟光景我听见她在奔跑。我不想回家去,再者也没有必要急着回家。我犹豫不定地站了一会儿,慢吞吞地退回去,想再看一看她住的那所房子,那所可爱的、纯朴的、古老的房子。阁楼上的窗子像眼睛似的瞧着我,显得什么事情都了解似的。我走过露台,到了网球场旁边,在老榆树底下摸着黑在一张长凳上坐下,从那儿瞧着那所房子。米修司就住在阁楼里,那儿的窗子射出明亮的光,后来变成柔和的绿色,那是因为灯上加了一个罩子。人影在移动……我满腔的温情,心里平静,满意自己。我满意的是我还能够入迷,能够爱人,同时我又觉得不自在,因为我想到这时候,离我几步远,在那所房子的一个房间里住着莉达,她不喜欢我,也许还痛恨我。我坐在那儿,一直等着,不知道叶尼娅会不会出来。我倾听着,觉得阁楼里好像有人在谈话似的。

将近一个钟头过去了。绿色的光熄灭,人影看不见了。月亮高高地停在房子上空,照亮沉睡的花园和小径。房子前面的花坛里,大丽花和玫瑰花可以看得很清楚,似乎都是一种颜色。天气很冷了。我就走出花园,在路上拾起我的大衣,不慌不忙地走回家去。

第二天午饭后,我来到沃尔恰尼诺娃家里。通到花园里去的玻璃门敞开着。我在露台上坐了一会儿,等着叶尼娅随时会从花坛后面走到网球场上来,或者在一条林荫道上出现,或者她的说话声从房间里传出来。后来我走进客厅,又走进饭厅。一个人影也没有。我从饭厅里出来,走过一条长过道,来到前厅,然后又退回去。这儿,在过道上,有几个门口,其中的一个门里响起莉达的说话声。

"上帝……送给……乌鸦……"她大声说,拖着长音,大概在教人默写,"上帝送给乌鸦……一小块……干酪……是谁呀?"她听见我的脚步声,忽然叫道。

"是我。"

"哦!对不起,我现在不能出来见您,我在教达霞功课。"

"叶卡捷琳娜·帕夫洛夫娜在花园里吗?"

"不在,今天早晨她同妹妹动身到平扎省我的姨母家里去了。而且她们今年冬天大概要出国……"她沉吟一下,补充道,"上帝送给乌鸦……一小块干酪……写完了吗?"

我走到前厅,什么也没想,站住,从那儿眺望池塘,眺望村子,莉达的声音传到我的耳朵里来:

"一小块干酪……上帝送给乌鸦一小块干酪……"

我顺着第一回到这儿来的路走出庄园去,只是顺序相反:先从院子里走进花园,经过正房,然后顺着椴树的林荫道走去……在那儿,一个小男孩追上我,交给我一封短信。"我已经把一切都告诉姐姐了,她要求我跟您分手,"我读那封信,"我不能违拗她而伤她的心。求上帝赐给您幸福,您原谅我吧。但愿您知道我和妈妈哭得多么悲伤!"

后来是那条云杉的幽暗的林荫道、坍倒的栅栏……田野上,那时候黑麦开花,秧鸡鸣叫,现在却只有些母牛和腿上套着绊绳的马在徘徊。高坡上有些地方生出绿油油的冬麦。日常的清醒心情来到我的心头,我不由得为我在沃尔恰尼诺娃家里讲过的那些话害臊,跟以前一样感到生活乏味。我回到家里,收拾行李,当天傍晚就动身到彼得堡去了。

此后我再也没有见过沃尔恰尼诺娃一家人。不久以前有一次我动身到克里米亚去,在火车上遇见别洛库罗夫。他还是像先前那样穿着腰部带褶的长外衣和绣花衬衫,等到我问起他身体可好,他就回答说:托福托福。我们谈起来。他已经卖掉他原有的庄园,另外买了一处小一点的,写在柳博芙·伊万诺夫娜的名下。关于沃尔恰尼诺娃一家人,他讲得不多。莉达,依他说来,仍然住在谢尔科夫卡,在学校里教儿童读书。她逐步在她的四周聚合了一群同情她的人,组成一个强有力的派别,在最近一次地方自治局的选举中"击败了"一直把全县把持在手心里的巴拉京。关于叶尼娅,别洛库罗夫只告诉我说,她没在家里住着,不知到哪儿去了。

我已经在开始忘掉那所带阁楼的房子,只有偶尔在绘画或者读书的时候,忽然无缘无故,想起那窗子里的绿色灯光,或者想起那天晚上我这个堕入情网的人走回家去,冷得搓着手,我的脚步在野地里踩出来的响声。更加少有的是某些时候,孤独煎熬着我,我满心凄凉,就不由得模模糊糊地想起往事,于是不知什么缘故,我渐渐地开始觉得她也在想我,等我,我们会见面的……

米修司,你在哪儿啊?

受苦受难的女人

丽左琪卡·库德陵斯卡雅是个年轻的太太,有很多的崇拜者。她忽然得了病,而且病得那么重,弄得丈夫没法去上班,甚至给她那住在特威尔城的母亲打了个电报。她是这样讲她得病的经过的:

"我先是坐火车到列斯诺耶去找我的姨母来着。我在那儿住了一个星期,后来就跟大家一起到表姐瓦莉雅家里去了。瓦莉雅的丈夫,您知道,生性孤僻,是个暴君(要是我有那样的丈夫,我就会一枪把他打死),不过我们在那儿,日子过得倒挺快活。第一,我参加了业余演出。我们上演一出《贵族家庭的丑事》。赫鲁斯达列夫演得精彩极了！临到幕间休息我喝了点凉柠檬水，凉极了，还加上白兰地。……柠檬水一加白兰地，那味道可就很像香槟酒了。……我喝完，倒也没觉得怎么样。演完戏，第二天，我跟这个阿多尔弗·伊凡内奇一块儿骑马出去逛了一通。天气有点潮，我吹了风。大概那时候我着凉了。过了三天光景我坐车回家，看看我那亲爱的瓦夏①，我的好瓦夏在怎样生活，顺便取一件绸裙，就是那件带小花的。当然，我回到家里没碰见瓦夏。我就到厨房去叫普拉斯科维雅烧茶炊，一看，她案子上放着些小圆萝卜和小胡萝卜，像些小玩意儿。我吃了一根小胡萝卜，嗯，另外还吃了一个圆萝卜。我吃了很少一点点，可是您猜怎么着，忽然我的肚子绞痛起来。……痛得我不住地抽筋，抽筋，抽筋。……哎呀，真要把我活活痛死了！瓦夏就从机关

---

① 她丈夫的名字瓦西里的爱称。

跑回来。自然,他揪住他的头发,脸色煞白。他们跑出去请大夫。……您明白吗?我要死了,我要死了!"

抽筋是在中午开始的,两点多钟医生来了,六点钟丽左琪卡睡熟了,一直酣畅地睡到夜里两点钟。

时钟敲了两下。……小小的夜灯的亮光透过天蓝色灯罩微弱地照出来。丽左琪卡在床上躺着。她那顶白色花边包发帽衬着红枕头的深色背景特别显眼。灯罩的带花纹的阴影印在她苍白的脸上和丰满的圆肩膀上。她的丈夫瓦西里·斯捷潘诺维奇坐在她脚旁。这个可怜人看到妻子终于回到家里而感到幸福,同时又给她的病吓坏了。

"哦,你觉得怎么样,丽左琪卡?"他发觉她醒过来,就小声问道。

"我好点了……"丽左琪卡呻吟说,"我已经不抽筋了,可就是睡不着。……我没法睡觉!"

"你,我的天使,该不该换压布了?"

丽左琪卡慢腾腾地坐起来,脸上露出苦难深重的神情，优雅地歪着头。瓦西里·斯捷潘诺维奇战战兢兢地给她换压布，手指几乎没碰到她热乎乎的身体。丽左琪卡缩起身子，由于水凉而发痒，就笑起来，然后又躺下去。

"你真可怜，没法睡觉！"她呻吟说。

"我怎么能睡觉呢！"

"我是神经出了毛病，瓦夏。我是个很神经质的女人。大夫给我开了胃药，可是我觉得他不了解我的病。这是神经出了事，不是胃，我敢对你赌咒，这是神经作怪。我只是担心，我的病别加重才好。"

"不会，丽左琪卡，不会！明天你就会复原的。"

"不见得！我倒不是为我自己担心……我无所谓，甚至巴不得死了才好，可是我为你难过哟！你一下子就孤孤单单，只剩下一个人了。"

瓦夏很少有机会跟妻子做伴，早已过惯孤独的生活，不过丽左琪卡的话还是使他担心。

"上帝才知道你在说什么，小母亲！怎么生出这种阴暗的想法呢？"

"这有什么关系？你会哭一场，伤心一阵，然后也就习以为常了。你甚至还会再娶一个呢。"

丈夫抱住头。

"得了，得了，我不说就是，"丽左琪卡安慰他说，"只是你也得做好万一的准备。"

"万一我真的死了呢！"她想着，闭上眼睛。

丽左琪卡就暗自想象她死亡的景象。她的母亲、丈夫、表姐瓦莉雅和丈夫、亲戚们、她的"才能"的崇拜者们，把她临终的病榻团团围住，她呢，小声说着："永别了。"大家都哭个不停。后来她真死了，脸色白得可爱，头发乌黑，人家就给她穿上粉红色的衣衫（她穿上这一件最好看），把她放进一口贵重的棺材，里面装满鲜花，棺材的腿是镀金的。空中弥漫着神香的气味，蜡烛噼啪地爆响。丈夫一步也不肯离开棺材，她的"才能"的崇拜者们目不转睛地瞧着她："她多么像活人啊！她在棺材里还那么美！"全城都在议论，说她过早地夭折了。后来她的棺材给抬进教堂。抬棺材的有伊凡·彼得罗维奇,有阿多尔弗·伊凡内奇,有瓦莉雅的丈夫,有尼古拉·谢敏内奇,还有教她喝柠檬水加白兰地的黑眼睛大学生。只是可惜没有人奏乐。做完安魂祭后举行告别式。教堂里充满痛哭声。棺材盖抬来了,上面蒙着带穗子的覆布,于是……丽左琪卡跟白昼的世界永远告别了。敲钉子的声音响起来。咚咚咚!

丽左琪卡打了个冷战,睁开眼睛。

"瓦夏,你在这儿吗?"她问,"我尽想些阴森可怕的事。上帝啊,难道我就这么不幸,要睡觉也睡不成?瓦夏,你可怜可怜我,给我讲点什么吧!"

"可是给你讲什么好呢?"

"随便讲点什么……爱情故事就行,"丽左琪卡娇滴滴地说,"要不然讲点犹太人的生活故事也行。……"

瓦西里·斯捷潘诺维奇什么事都乐意干,只求他的妻子快活起来,不再谈到死。他把长鬓发拉下来盖住耳朵①,做出滑稽的脸相,走到丽左琪卡跟前。

"您要油(修)一油表吗?"他问。

"要,要!"丽左琪卡大笑说,把小桌上她那只金怀表拿给他,"你修吧!"

瓦夏接过表来,久久地观看表里的机器,然后把身子缩成一团,扭扭捏捏地说:

"这表不能油了。……这儿有个齿轮厥(缺)了两个牙。"

全部表演到此结束。丽左琪卡哈哈大笑,不住拍手。

"妙极了!"她叫道,"精彩得很!你猜怎么着,瓦夏?你不参加业余演出,真太傻了!你有了不起的才能嘛!你比绥苏诺夫强多了。我们演过《我是寿星》,有一个业余演员,姓绥苏诺夫的,参加了。他是头一流的喜剧天才!你想想吧:鼻子有芜菁甘蓝那么粗,眼睛

---

① 旧派犹太人常把长鬓发盖在耳朵上。

发绿,走路像仙鹤似的。……我们都看得哈哈大笑。等一等,我来给你表演一下他走路的样子。"

丽左琪卡跳下床,没戴包发帽,光着脚,开始在地板上走来走去。

"您好!"她模仿男人的腔调用男低音说,"有什么好消息吗?普天之下有什么新闻吗?哈哈哈!"她扬声大笑。

"哈哈哈!"瓦夏也跟着大笑。

两夫妇只顾大笑,忘了疾病,在卧室里互相追逐。最后瓦夏抓住妻子的衬衫,贪婪地吻她,这场奔跑才算结束。在一次特别热烈的拥抱以后,丽左琪卡忽然想起她病得很重。……

"多么荒唐!"她说,做出严肃的脸色,盖上被子,"大概你忘了我有病!不用说,你真聪明啊!"

"对不起……"丈夫发窘地说。

"病势加重了,那就得怪你。没心肝!坏心肠!"

丽左琪卡闭上眼睛,沉默了。先前那种娇滴滴的和苦难深重的神情回到她的脸上,轻微的呻吟声又响起来。瓦夏给她换过压布,想到妻子待在家里,没有跑到姨母那儿去,不免感到心满意足,就在她脚旁温顺地坐着。他没有睡觉,一直熬到早晨。十点钟医生来了。

"哦,觉得怎么样?"他一面号脉,一面问,"睡觉了吗?"

"睡得不好,"丈夫替丽左琪卡回答说,"很不好!"

医生走到窗口去,瞅着一个过路的扫烟囱工人。

"大夫,我今天可以喝咖啡吗?"丽左琪卡问。

"可以。"

"那么我今天可以起床吗?"

"这,也许,可以吧,不过……最好还是再躺一天。"

"她心绪恶劣……"瓦夏凑着他的耳朵小声说,"思想阴郁……有点悲观。我为她担心极了!"

医生挨着小桌坐下,用手心擦着额头,给丽左琪卡开了溴化钠①的药方,然后点头告辞,答应傍晚再来一趟,就走了。瓦夏没有去上班,一直在他妻子脚旁坐着。……中午,她的"才能"的崇拜者纷纷来了。他们忧心忡忡,担惊害怕,送来许多鲜花和法语小书。丽左琪卡戴着雪白的包发帽,穿着薄罩衫,躺在床上,露出迷茫的神情,仿佛不相信自己会复原似的。"才能"崇拜者们瞧见她丈夫,虽然觉得有他在座未免讨嫌,不过很快就原谅他了:在病榻旁边,他们和他由同一种灾难联合在一起了!

傍晚六点钟丽左琪卡睡熟了,又一直睡到夜里两点钟。瓦夏仍旧在她脚旁坐着,竭力克制睡意,换压布,表演犹太人的生活故事。然而,丽左琪卡度过第二个痛苦之夜,到了早晨,却已经在镜子前面转来转去,戴上帽子了。

"你到哪儿去,我的朋友?"瓦夏用恳求的目光瞧

---

① 一种镇静剂。

着她,问道。

"怎么了?"丽左琪卡吃惊地说,做出吓坏的样子,"莫非你不知道今天玛丽雅·尔沃芙娜家里排戏吗?"

瓦夏把她送走后,没有事可做,闷得慌,就拿起皮包,上班去了。一连两夜没睡,他头痛起来,痛得那么厉害,弄得左眼不听支配,自动闭上了。……

"您这是怎么了,老兄?"他的上司问他说,"出了什么事?"

瓦夏摆一摆手,坐下。

"您不用多问,大人,"他说着,叹口气,"这两天我多么痛苦……多么痛苦啊!我的妻子病了!"

"主啊!"上司惊恐地说,"您的妻子?她怎么了?"

瓦西里·斯捷潘诺维奇光是摊开两只手,抬起眼睛望着天花板,那意思仿佛想说:"这也是造物主的意志,有什么办法呢!"

"哎呀,我的朋友,我满心同情您!"上司叹道,眼珠往上翻,"我的好朋友,我已经失去我的妻子了……

我明白。那是了不得的灾难……了不得的灾难啊！真可怕……真可怕！我想,现在您的妻子病好了吧？是哪个大夫给她看的病？"

"冯·希捷尔克。"

"冯·希捷尔克？不过您最好还是去请玛格努斯,要不然就请谢曼德利茨基。不过,您脸色惨白！您自己也成病人了！这真可怕！"

"是啊,大人……我一直没睡觉……多么痛苦……受了多少煎熬！"

"可是您却来上班！您何必来呢？我不明白。难道可以硬撑吗？难道可以这样糟蹋自己的身体？您回家去,待在家里,一直到养好病再来！您回去,我命令您！热心公务固然是青年文官的优良特点,可是不要忘记罗马人是怎么说的：健康的精神寓于健康的身体①,也就是说有健康的身体才有健康的

---

① 原文为拉丁语。

头脑!"

　　瓦夏同意了,把公文放回皮包,向上司告辞,回家睡觉去了。

狮子和太阳

在乌拉尔山脉的这一边,有一座城,城里盛传最近有个波斯大官拉哈特-赫拉木光临此地,在日本饭店下榻,盘桓几天。这个传说对市民们没有产生什么影响:来了个波斯人,那好,让他来吧。只有本城的市长斯捷潘·伊凡诺维奇·库曾从管理局秘书那儿听说那位东方人光临此地,却沉思起来,问道:

"他要到哪儿去?"

"大概到巴黎或者伦敦去。"

"哦!……那么他是个大人物吧?"

"鬼才知道他是什么人。"

市长从管理局回到家里,吃过午饭,又沉思起来,这一回一直沉思到傍晚。显赫的波斯人的光临使他发生很大的兴趣。他觉得是命运把这个拉哈特-赫拉木送到他这儿来的,因此实现他那蕴蓄已久的热切渴望的有利时机终于来临了。事情是这样的:库曾已经有两枚勋章,即三等斯坦尼斯拉夫勋章和红十字章,还有"拯救失足落水人协会"的一枚徽章,此外他还给自己定做了一个小表坠(一管小金枪和一个六弦琴交叉在一起),这个表坠挂在制服纽扣眼上,远远看去,像是一个与众不同的东西,酷似一枚奖章。不过大家都知道,一个人的勋章和奖章越多,他就越希望多得。市长早就巴望得到一枚波斯的"狮子和太阳"勋章,他热烈地巴望着,简直要发疯了。他清楚地知道,要得到这枚勋章并不需要作战,也不需要捐款给孤儿院,更不需要担任由人推选的职务,只需要适当的机会罢了。如今他觉得,机会来了。

第二天中午，他戴上所有的勋章和表链，坐车到日本饭店去。命运果然要成全他。他走进显赫的波斯人的房间，房里只有波斯人一个人，闲着没做事。拉哈特-赫拉木是个身材魁梧的亚洲人，生着像田鹬那样的长鼻子和凸出的眼睛，戴着平顶圆锥形帽子。他坐在地板上，正在翻他的皮箱。

"请原谅我来打搅您，"库曾笑哈哈地开口说，"我荣幸地介绍自己：我是世袭荣誉公民和勋章获得者，本城的市长斯捷潘·伊凡诺维奇·库曾。我认为我有责任来向阁下致敬，向所谓我们友好的邻邦的代表致敬。"

波斯人回转身来，用很糟的法国话嘟哝了一句，那声音听起来像是一根小木棒在敲一块木板。

"波斯的边疆，"库曾接着念他事先已经背熟的欢迎词，"跟我们广大的祖国的边界紧密相连，因此相互的同情驱使我来向您表达所谓的团结精神。"

显赫的波斯人站起来，又用他那木头般的舌头嘟

一句话:"我是这个城的头儿。"波斯人一点也不懂,可是微笑着说:

"豪(好),先生……豪。……"

过了半个钟头,市长拍拍波斯人的膝盖,又拍拍他的肩膀,说:

"康普烈奈?乌依?我……作为劳德-麦尔和木尼齐巴莱,建议您出去做一次小小的普罗麦纳日①。……康普烈奈?普罗麦纳日。……"

库曾用手指一下威尼斯,再用两个手指头比作两条迈步的腿。拉哈特-赫拉木目不转睛地瞧着他的勋章,分明已经猜出他是本城最大的人物,又听懂"普罗麦纳日"的意思,就客气地笑一笑。随后他俩穿上大衣,走出旅馆房间。他们下楼,走到日本饭店正门附近,库曾心想,请这个波斯人吃一顿饭倒也不坏。他就停住脚,对他指一指饭桌,说:

---

① 法语"散步"的不正确的音译。

食 客 集

"照俄国的风俗,我们不妨那个……皮由莱,安特烈科①……香槟酒,等等。……康普烈奈?"

显赫的客人听懂了,过一会儿两个人就在这家饭店最讲究的雅座里坐下,喝着香槟,吃起来。

"我们来为波斯的昌盛喝一杯!"库曾说,"我们俄国人喜欢波斯人。虽然我们的宗教信仰不同,可是我们有共同的利益,所谓相互的同情……进步……亚洲市场……所谓争取和平的目标。……"

显赫的波斯人津津有味地吃着,喝着。他用叉子叉住一块咸鱼肉,热情地摇了摇头说:

"豪! 好②!"

"您喜欢吗?"市长高兴地说,"好③?那才好。"他转过身去对仆役说,"路卡,伙计,你去弄两块最好的咸鱼肉,送到他老人家的房间去!"

后来市长和波斯大官一块儿逛动物园。市民们看

---

① 法语"浓菜汤、牛肉片"的音译。
②③ 原文为法语。

见他们的斯捷潘·伊凡内奇喝了香槟,脸孔发红,兴高采烈,十分满意,带着波斯人走遍大街和商场,领着他把本城的名胜古迹都看过,甚至带他到消防队的瞭望台上走了一趟。

除了别的事情以外,市民们还看见市长在一个雕着狮子的石门旁边站住,先对波斯人指一指狮子,然后往上指一指太阳,随后又指一指自己的胸口,过后再指着狮子和太阳。波斯人开始摇头晃脑,好像表示同意似的,微微笑着,露出一口白牙。傍晚,两个人坐在伦敦旅馆里,听一个女人弹竖琴,至于他们在哪儿过夜,那就不得而知了。

第二天早晨,市长到管理局去。职员们显然已经有所耳闻,正在纷纷揣测,因为秘书走到他跟前来,带着讥诮的笑容说:

"波斯人有一种风俗:要是有贵客来找您,您就得亲手为他杀一头羊。"

过了一会儿,他收到由邮局寄来的一个包裹。市

长打开包裹,看见里面包着一张漫画,上面画着拉哈特-赫拉木,面前跪着一个人,就是市长,他向波斯人伸出手去,说:

> 为了表示俄罗斯和伊朗两个帝国的友谊,
>
> 为了对您这位最尊贵的使者表示敬意,
>
> 我有心像杀羊一样杀掉自己,
>
> 可惜啊,对不起,我是一头驴!

市长生出一种不愉快的感觉,仿佛得了胸口痛之类的病,可是这并没持久。中午他又到显赫的波斯人那儿去,又请他吃饭,又带他去参观本城最出色的地方,又领他到石门旁边,又指指狮子,指指太阳,指指自己的胸膛。他们在日本饭店用午饭,饭后两个人嘴上叼着雪茄烟,脸色红扑扑,心里很快乐,又爬上了消防队的瞭望台。市长分明有意让客人开一开眼界,就在台上对一个在下面走动的哨兵吆喝道:

"报火警!"

然而火警却没有报成,因为这当儿消防队员都到澡堂去了。

他们在伦敦旅馆用晚饭,饭后波斯人就动身离开本城了,斯捷潘·伊凡内奇给他送行,而且按照俄国的风俗,吻了他三次,甚至淌下了眼泪。等到火车开动,他就喊道:

"替我们向波斯致敬。请对它说:我们热爱它!"

一年零四个月过去了。有一天,天气严寒,气温低到零下三十五度,空中刮着凛冽的大风。斯捷潘·伊凡内奇却在街上走来走去,解开皮大衣,敞着前襟,可是心里暗暗烦恼,因为他一路上没有遇见什么人,于是也就没有一个人看见他胸前挂的"狮子和太阳"勋章。他照这样一直走到傍晚,始终解开皮大衣,敞着前胸,冻得很厉害。那天晚上他在床上翻来覆去,怎么也睡不着觉。

他心头沉重,五脏六腑仿佛起了火,他的心不安地跳动:眼下他又巴望得到塞尔维亚的"达科瓦"勋章了。他热切而且如饥如渴地巴望着。

唱诗班歌手

调解法官接到从彼得堡寄来的一封信,经他一张扬,就传开了一个消息,说是本地的地主,弗拉基米尔·伊凡内奇伯爵,不久要回到叶弗烈莫沃村来。至于他什么时候到达,就不得而知了。

"他悄悄地来,跟夜里的贼一样,"库兹玛神甫说,他是个身材矮小、白发苍苍的教士,穿着紫色圣衣。"要是他来了,贵族们和其他的上等人就会把此地挤得水泄不通。所有的邻居都会赶来。那么,你……那个……加把劲吧,阿历克塞·阿历克塞伊奇。……我衷心地要求你。……"

"我有什么办不到的!"阿历克塞·阿历克塞伊奇说,皱起眉头。"我自己的事我会办好。只要我的仇人把祷告词念得有腔有调就成。只怕他故意捣乱。……"

"得了,得了……我会去央求助祭……我会去央求他。……"

阿历克塞·阿历克塞伊奇是叶弗烈莫沃村三圣教堂的诵经士。同时他又在学校里教男孩们唱宗教歌曲和世俗歌曲,为此每年从伯爵账房里领六十卢布。学校里的男孩由于请他教歌,就必须在教堂里歌唱。阿历克塞·阿历克塞伊奇是个高大魁梧的男人,步态庄重,剃光的肥脸犹如奶牛的乳房。他体格匀称,生着双层下巴,与其说像教堂低级职员,不如说像官场中官阶颇为不小的人。然而有些事却使人看着奇怪:他这个体格匀称和气度庄严的人,竟然在大主教面前跪下去,匍匐行礼。有一次他同助祭叶甫拉木彼·阿甫季耶索夫发生一场极其严重的争吵,事后听从监督司祭的吩咐,竟然在地下跪了两小时。论他的仪表,威严在他倒比屈辱更合适。

由于传说伯爵就要光临,诵经士每天早晨和傍晚都举行合唱练习。合唱练习在学校里举行。这种练习不大妨碍学校的工作。每到练唱时间,教员谢尔盖·玛卡雷奇就指定学生们习字,他自己以业余爱好者的身份参加合唱,唱男高音。

合唱练习是这样进行的:房门砰的一响,阿历克塞·阿历克塞伊奇擤着鼻涕,走进教室里来。童声高音歌手和童声中音歌手本来挨课桌坐着,这时候就声音嘈杂地慢慢走过来。男高音歌手和男低音歌手早已在院子里等着,现在一齐走进来,不住顿脚,像马似的。他们各就各位。阿历克塞·阿历克塞伊奇挺直身子,做出要大家静下来的手势,然后敲响音叉。

"朵朵梯朵朵。……朵米索多!"

"阿阿阿……门!"

"慢调……慢调。……再唱一回。……"

唱完《阿门》就是大祈祷歌《上帝保佑》。所有这些歌大家早已学会,唱过一千次,滚瓜烂熟,如今只是随便唱一下,装装门面而已。大家唱得懒洋洋,心不在焉。阿历克塞·阿历克塞伊奇平静地挥着手,时而随男高音唱,时而又随男低音唱。一切都平平稳稳,没什么趣味。……可是唱《天使颂歌》之前,整个唱诗班忽然开始擤鼻涕,咳嗽,使劲翻乐谱。指挥转过身去,背对唱诗班,开始调理小提琴的琴弦,脸上现出神秘的神情。这种准备工作大约要用两分钟。

"你们站好。看清乐谱。……男低音,你们唱得不要太用力……要柔和点。……"

他们选定包尔特酿斯基[①]的《天使颂歌》第七号。随着约定的手势,顿时四下里一片肃静。大家的眼睛盯住乐谱,童声高音歌手张开嘴。阿历克塞·阿历克

---

① 包尔特酿斯基(1751—1825),俄国作曲家,写过许多宗教乐曲。——俄文本编者注

食 客 集

塞伊奇慢慢地放下胳膊。

"轻柔……轻柔。……乐谱上不是写着'轻柔'吗?……轻一点,轻一点!"

"……天……天……使……"

每逢应该唱得轻柔①的时候,阿历克塞·阿历克塞伊奇的脸上总是洋溢着和善亲切的神情,就好像梦见了上等冷荤菜似的。

"强音……强音!使劲点!"

临到应该唱强音②,指挥的肥脸上就现出强烈的惊吓,甚至恐惧的神情。

《天使颂歌》唱得很好,好到连小学生都停住习字,只顾看阿历克塞·阿历克塞伊奇的动作了。人们在窗外停下来。看守人瓦西里走进教室里,身上系着围裙,手里拿着菜刀,侧耳倾听。库兹玛神甫出现了,仿佛从地里钻出来的一样,脸上现出操心的神

---

①② 原文为意大利语。

情。……唱完《让我们丢开烦恼》后,阿历克塞·阿历克塞伊奇擦干额头上的汗,神情激动地走到库兹玛神甫跟前。

"我就是不懂,库兹玛神甫!"他说,耸一耸肩膀,"为什么俄国人没有脑筋呢?我不懂,叫上帝惩罚我吧!他们都是完全没受过教育的人,你怎么也弄不清楚他们喉咙里究竟是什么东西:是嗓子呢,还是什么别的内脏?你的嗓子是让东西卡住了还是怎么的?"他转过脸对酒店老板的弟弟,男低音歌手根纳季·谢米切夫说。

"怎么了?"

"你的嗓子像个什么东西?呱啦呱啦,就跟一口锅似的。恐怕昨天你又喝醉了吧?一定是这样!你嘴里冒出来的气味就跟酒馆里一样。……哎哎!老弟,你是个乡巴佬!你是个大老粗!要是你跟那些乡巴佬在酒馆里鬼混,那你还能做什么歌手?哎,你呀,是条蠢驴,老弟!"

"罪过,老弟,罪过……"库兹玛神甫喃喃地说,"上帝是什么都看见的……看得清清楚楚。……"

"你对唱歌一点也不懂,那是因为你脑子里只有白酒,没有上帝,你这个少有的蠢货。"

"你别发脾气,别发脾气……"库兹玛神甫说,"你别冒火。……我去央求他。"

库兹玛神甫就走到根纳季·谢米切夫面前,开口央求他说:

"你这是何苦?你,那个,心里要明白。唱歌的人应当戒酒,因为他的嗓子,那个……是娇嫩的。"

根纳季搔脖子,斜起眼睛瞧着窗子,好像这些话不是对他说的。

《天使颂歌》唱完后,大家唱《我信仰》,后来又唱《公正合理》,唱得有感情,平稳,照这样一直唱到《我们在天上的父》。

"依我看来,库兹玛神甫,"指挥说,"普通的那首《我们在天上的父》比乐谱上的好。在伯爵面前应当唱普通的那首。"

"不,不。……唱乐谱上的那首吧。因为伯爵在京城里做祷告,只会听到乐谱上的那首,不会听到别的。……恐怕在那儿唱诗班里用的乐谱,老兄,还跟这里不一样呢!"

《我们在天上的父》唱完后,大家又咳嗽,擤鼻涕,翻乐谱。最困难的工作,大合唱,马上就要开始了。阿历克塞·阿历克塞伊奇教两支歌:《谁是伟大的上帝》和《全世界的荣耀》。哪支歌学得好,就在伯爵面前唱哪支。临到大合唱,指挥的劲头来了。他那和善的神情不时被惊恐所代替。他挥手,活动手指头,耸动肩膀。……

"强音!"他嘟哝道,"平调!放松……放松!唱呀,蠢材!男高音,你们没唱好!朵朵梯朵朵。……索……西……索,你这个笨脑瓜!'伟大!'男低音,唱'伟……伟……大……'"

他的提琴弓子在唱错的童声高音和童声中音歌手的头上和肩膀上不住敲打。他的左手不时伸出去拧小歌手的耳朵。有一次他甚至昏了头,弯着大拇指在男低音歌手根纳季的下巴上弹了一下。可是那些歌手没哭,也没为挨打而生气,因为他们意识到他们执行的任务十分重大。

大合唱后,沉默了一分钟。阿历克塞·阿历克塞伊奇冒着汗,红着脸,筋疲力尽地在窗台上坐下,用他那对没光彩的、疲倦的、然而又得意的眼睛打量在场的人。使他大为不满的是,他在听众中瞧见了助祭阿甫季耶索夫。助祭是个高大壮实的汉子,生着红彤彤的麻脸,头发里夹着一根干草①。他站在那儿,胳膊肘倚在炉台上,脸上现出鄙夷的冷笑。

"行啊,唱吧!唱那些乐谱吧!"他用深沉的男低音嘟哝说,"伯爵才要听你那些歌呢!按乐谱唱也好,不按乐谱唱也好,他才要听呢。……因为他是个不信神的人啊。……"

---

① 暗指他躺在干草垛上打过盹儿。

库兹玛神甫惊慌地往四下里看,摇摇手指头。

"得了,得了……"他小声说,"别说了,助祭。……我求求你。……"

大合唱后,他们唱《让我们的口充满赞美》,练唱就到此结束。歌手们走散,到傍晚再聚在一起练唱。天天都这样。

一个月过去,又一个月过去了。……

庄园总管也已经接到通知,说伯爵不久就要来了。于是老爷家的窗上终于卸下扑满灰尘的鱼鳞板,叶弗烈莫沃村的人听见了走音的破钢琴的声音。库兹玛神甫面容憔悴,自己也不知道为什么憔悴:究竟是因为兴奋呢,还是因为惊恐。……助祭走来走去,不住冷笑。

下一个星期六傍晚,库兹玛神甫走进指挥的住处。他脸色苍白,肩膀瘦削,紫色圣衣像是失去了光彩。

"刚才我到伯爵大人家里去过,"他结结巴巴地对指挥说,"他是个受过教育的老爷,有高超的思想。……可是,那个……真叫人痛心啊,老兄。……我说:'请问,大人,明天您愿意几点钟敲钟做祷告?'他老人家对我说:'随您的便。……不过,能不能做得快点,快点……不用唱诗班。'不用唱诗班!那个,你明白……不用唱诗班了。……"

阿历克塞·阿历克塞伊奇脸红得发紫。对他来说,再罚跪两小时也比听见这样的话轻松得多!他通宵没睡着。使他难过的,与其说是他的辛劳白费了,还不如说是阿甫季耶索夫今后要不住讥笑他,害得他走投无路。阿甫季耶索夫看见他伤心,暗暗高兴。第二天做祷告的时候,他始终轻蔑地斜起眼睛瞧着唱诗班的席位,那儿只有阿历克塞·阿历克塞伊奇孤零零一个人用男低音唱歌。助祭提着手摇香炉走过唱诗班席位的时候,叽叽咕咕说:

"按着乐谱唱呀,唱呀!加把劲唱呀!伯爵要赏给唱诗班一张红票子①呢!"

---

① 旧俄时代的十卢布钞票。

做完弥撒后,指挥受了气,一肚子委屈,心里难过,走回家去。在家门口,脸色通红的阿甫季耶索夫追到他身边来。

"等一等,阿辽沙①,"助祭说,"等一等,傻瓜,你别生气!倒霉的不只是你一个人,老兄,还有我呢!刚才做完祷告以后,库兹玛神甫走到伯爵跟前去,问他说:'您觉得助祭的嗓子怎么样,大人?他的男低音可以说是尽善尽美,不是吗?'你猜伯爵怎么说?多承他恭维一番!他说:'哇哇地嚷,那是什么人都能做到的。人的嗓子,'他说,'可不及人的智慧那么要紧。'这个彼得堡的能人啊!不信神的人总归是不信神的人!我们走吧,可怜的老兄,我们去喝他一盅酒,消消胸中的闷气!"

两个仇人就互相挽着胳膊,走出了大门。……

---

① 阿历克塞的爱称。

神　经

建筑师德米特利·奥西波维奇·瓦克辛从城里回到他的消夏别墅里,头脑中充满刚刚经历过的招魂会①的新鲜印象。瓦克辛脱掉衣服,孤零零地在床上躺下(他的太太瓦克辛娜出外做三一节礼拜去了),不由自主地想起刚才他耳闻目睹的种种事情。认真说来,刚才并不是正式开了一个招魂会,然而这个傍晚却是自始至终在可怕的谈话中度过的。先是某某小姐无

---

① 在这种会上进行一种迷信活动:把死人的灵魂招来,与活人通信息。

端地讲起如何猜测人的心思。后来大家不知不觉地从心思谈到灵魂,从灵魂谈到幽灵,从幽灵谈到被活埋的人。……某某先生朗诵了一个可怕的故事,讲的是死人在棺材里翻了个身。瓦克辛本人要来一个小碟,给小姐们表演应该怎样做才能同灵魂谈话。他顺便把他的舅舅克拉夫季·米龙诺维奇招来,暗自问他:"现在我该不该把那所房子转到我妻子名下?"对这个问题,他的舅舅回答说:"只要时机适当,干什么都好。"

"自然界有许多神秘而且……可怕的事……"瓦克辛躺在被子里暗想,"可怕的并不是死人,而是这种难解的疑团。……"

时钟敲了夜间一点钟。瓦克辛翻了个身,从被子里伸出头来,看一眼圣像前面那盏小灯的蓝色火苗。火苗摇摇闪闪,朦胧地照着神龛和挂在床对面他舅舅克拉夫季·米龙诺维奇的大照片。

"万一我舅舅的阴魂在这种昏暗当中出现,那可怎么得了?"这个想法在瓦克辛的头脑里闪过,"不,这不可能!"

幽灵是迷信,是不够成熟的智慧的产物,然而瓦克辛仍旧把被子拉过来,蒙上他的头,把眼睛闭紧点。他脑海里闪过在棺材里翻身的死尸,掠过许多人的影子:他那死去的岳母、一个悬梁自尽的同事、一个淹死的姑娘。……瓦克辛想把那些阴郁的思想从脑子里赶出去,可是他越是用力赶,那些形象反而越鲜明,他的想法也越可怕。他不由得毛骨悚然。

"鬼才知道这是怎么回事。……我像个小孩子那么害怕。……愚蠢!"

"滴答……滴答……滴答",时钟隔着一堵墙响起来。在本村墓场的乡村教堂里,看守人在敲钟。钟声缓慢而凄凉,听着揪心。……瓦克辛的后脑壳上和脊梁上起了鸡皮疙瘩。他觉得他脑袋上方似乎有个人在呼呼地喘气,仿佛他舅舅从镜框里走出来,弯下腰凑近他的外甥了。……瓦克辛心惊胆战,难忍难熬。他吓得咬紧牙关,屏住呼吸。最后,一只小金虫飞进敞开的窗口,在他床的上方嗡嗡地飞叫,他就再也受不住,拼命拉铃,要叫人来。

"戴梅特利·奥西培奇①,您有什么事?②"过了一分钟,女家庭教师的说话声在门外响起来。

"哦,是您呀,罗扎莉雅·卡尔洛芙娜?"瓦克辛高兴地说,"您何必费心呢?加夫里拉会来的。……"

"加夫里拉,您自己,打发,进城去了。格拉菲拉,不知在哪儿,傍晚出去了。……没有人,在家。……您到底有什么事?③"

"我,好女人,有话要跟您说。……那个。……可是您走进来嘛,不用拘束!我这儿挺黑。……"

身材壮实、两颊绯红的罗扎莉雅·卡尔洛芙娜走进寝室来,站住,摆出等候的姿势。

"请坐,好女人。……您要知道,事情是这样的。"

---

① 说错,应为德米特利·奥西波维奇,说明这个德国女人不大会说俄国话。
②③ 原文为德语。

瓦克辛说着,心里暗想:"我该请求她办一件什么事呢?"瓦克辛斜起眼睛看一下他舅舅的照片,感到他的心渐渐安定下来,"我,认真说来,想托您这样一件事。……明天仆人进城的时候,请您不要忘记吩咐他,要他……那个……顺便去买一点卷烟纸。……可是您请坐下!"

"卷烟纸!好!您另外还有什么事。?①"

"我要……②我什么也不要了,不过……您倒是坐下呀!我会再想起点什么来的。……"

"姑娘家,站在,男人房间里,不像样。……您,我看,戴梅特利·奥西培奇,是调皮的人……开玩笑。……我明白。……为买,卷烟纸,不会叫醒人。……我明白。……"

罗扎莉雅·卡尔洛芙娜回转身,走出去。瓦克辛同她谈过话,略微定下心来,为自己这样胆小而害臊,

---

①② 原文为德语。

就拉过被子来蒙住头,闭上眼睛。有十分钟光景,他觉得太平无事,可是后来那些乱七八糟的想法又钻进他的脑子里来了。……他啐了口唾沫,摸到火柴,没有睁开眼睛就点上了蜡烛。然而就连亮光也无济于事。瓦克辛那受惊的想象力使他觉得墙角上似乎有个什么人在看他,他舅舅似乎在眨眼。

"我要再拉铃叫她来,见她的鬼……"他暗自决定,"我就对她说我病了。……我要点药水。"

瓦克辛拉铃。没有人应声。他又拉一次铃,于是,仿佛为了回答他的铃声似的,本地的墓场上响起了钟声。他满心害怕,周身发凉,一口气跑出寝室门外,在胸前画个十字,骂自己胆小,光着脚,只穿着贴身衣裤,往女家庭教师的房间飞奔而去。

"罗扎莉雅·卡尔洛芙娜!"他敲着房门,用颤抖的声音说,"罗扎莉雅·卡尔洛芙娜!您……睡了?我……那个……病了。……要药水!"

没有人应声。四下里一片寂静。

食 客 集

"我求求您……您明白吗?我求求您!我不明白,何必这么……死板呢,特别是如果人家……有病?您,说真的,多么一本正经①啊。在您这种年纪……"

"我要告诉,您的太太。……您不让,规矩的姑娘,消停。……当初,我住在,安齐格男爵家里,男爵到,我这儿来,要找火柴,我就,明白……我一下,就明白了,要火柴,是什么意思,我就对,男爵夫人说了。……我是个规矩的姑娘。……"

"哎,您规矩不规矩跟我什么相干?我有病……我要药水。您明白吗?我有病!"

"您的太太,是规矩的,好女人,您应该,爱她。是的②!她高尚!我不愿意,做她的情敌!"

"您是傻瓜,就是这么回事。您明白吗?傻瓜!"

瓦克辛倚着门框,把两条胳膊交叉在胸前,开始等待他的恐惧心情消散。他没有足够的勇气回到自己的

---

①② 原文为德语。

房间里去，看灯光摇闪，看他的舅舅在镜框里睁着眼睛瞧他。可是照这样只穿着贴身衣服，站在女家庭教师房门旁边，无论从哪方面来看都不妥当。该怎么办呢？时钟敲了两下，他的恐惧心情却还没有消散，也没有减轻。过道里黑沉沉的，每个角落里都好像有个乌黑的东西向外张望。瓦克辛扭过脸去对着门框，可是他顿时觉得似乎有个什么人在他后面轻轻拉他的衬衫，伸出手摸他的肩膀。……

"见鬼。……罗扎莉雅·卡尔洛芙娜！"

没有人应声。瓦克辛迟疑不决地推开房门，往房间里看一眼。贞洁的德国女人睡得很安稳。一盏小小的夜灯照亮她那沉重而显得颇为健康的身体的轮廓。瓦克辛走进房间，在房门旁边放着的一口藤箱上坐下。有个睡熟然而活着的人在旁边，他就感到心头轻松点了。

"让她去睡吧，这个德国佬……"他暗想，"我在她这儿坐一会儿。等到天亮我就走。……现在天亮得早了。"

瓦克辛一面等天亮，一面蜷起身子在藤箱上躺下，把一只手枕在脑袋下面，开始沉思。

"嘿，神经的作用真是非同小可！我这个人总算智力发达，有思考能力，可是另一方面……鬼才知道是怎么回事！甚至叫人害臊呢。……"

他听着罗扎莉雅·卡尔洛芙娜的轻微平稳的呼吸声，不久就完全定下心来。……

早晨六点钟，瓦克辛的妻子做完三一节的弥撒回来，在寝室里没找到丈夫，就往女家庭教师的房间走去，想向她要几个零钱，付给出租马车的车夫。她走进德国女人的房间，却看见一幅画面：床上睡着罗扎莉雅·卡尔洛芙娜，热得摊开了四肢，而离女家庭教师一俄丈远，她的丈夫躺在一口藤箱上，身子缩成一团，睡得平平稳稳，不住地打鼾。他光着脚，只穿着贴身衣裤。至于他妻子说了些什么话，丈夫醒来后露出一副什么样的蠢相，我要留给别人去描写。反正我是无能为力，只好放下武器了。

捉　　弄

　　冬天一个晴朗的中午。……天气严寒,树木冻得噼啪地响。娜坚卡①挽住我的胳膊。她两鬓的鬈发上,上嘴唇的茸毛上,都覆盖着一层银白的霜。我们站在一座高山上。从我们站的地方到下边平地中间,伸展着一道平滑的斜坡,太阳照着它就跟照着镜子似的。我们旁边有一辆小小的雪橇,上面蒙着猩红色的呢子套。

---

① 即下文娜杰日达的爱称。

食　客　集

"我们一块儿坐着雪橇滑下去吧,娜杰日达·彼得罗芙娜!"我央求说,"就滑这一次!我向您担保,我们会平平安安,不会有什么危险的。"

可是娜坚卡害怕。在她心目中,从她那双小小的套靴站着的地方到这座冰山脚下,无异于可怕的无底深渊。我只是约她坐上小雪橇滑下去罢了,可她往下一看,却已经吓得魂飞天外,仿佛停住了呼吸。要是她真冒险飞到那个深渊里去,那不知会怎样呢!说不定她就会活活吓死,就会发疯。

"我求求您!"我说,"不用怕!您要明白,这是胆小,懦弱!"

娜坚卡终于让步了,不过我从她的脸色看出来,她是冒着生命危险让步的。我把她,这个面色苍白和浑身发抖的姑娘,扶上小雪橇,伸出一条胳膊搂住她,随后就跟她一块儿冲到那个无底洞里去。

小雪橇像子弹那样飞出去。空气被我们冲破,迎面扑来,咆哮着,在我们耳朵里尖叫,撕扯我们,愤愤地用力拧我们,打算把我们的脑袋从肩膀上揪下来。在风的压力下,我们几乎没法呼吸。仿佛有个魔鬼伸出爪子抓紧我们,咆哮着把我们拖到地狱里去。四周的东西合成一条不住飞奔的长带子。……似乎再过一会儿我们就要粉身碎骨了!

"我爱您,娜坚卡!"我小声说。

小雪橇开始越跑越慢,风的咆哮声和雪橇的滑木的沙沙声不再那么可怕,我们的呼吸也比较容易,我们终于滑到底下了。娜坚卡已经半死不活。她脸色苍白,几乎透不过气来。……我扶着她从雪橇上下来。

"无论如何我再也不坐雪橇了,"她说,睁大了充满恐怖的眼睛瞧着我,"我说什么也不干了!我差点死掉!"

过了一会儿她才清醒过来,带着疑问的神情瞅着我的眼睛:那句话究竟是我说的呢,还是在急骤的风声中她一时听错了?我呢,站在她身旁,吸着纸烟,专心致志地瞧着我的手套。

她挽住我的胳膊,我们在山坡旁边散步很久。看来,这个谜搅得她心神不定。那句话是不是我说的?说了还是没说?到底说了没有?这是有关她的自尊心、荣誉、生活、幸福的问题,要算是世界上很重大的、甚至最重大的问题了。娜坚卡用尖利的目光焦急而忧郁地瞧着我的脸,胡乱地回答我的话,等着看我会不会再说那句话。啊,在那张可爱的脸上,表情千变万化,千变万化呀!我看出她举棋不定,一心要说句什么话,提个什么问题,可是找不出适当的字眼,觉得不便说出口。她害怕,再者她心里高兴,反而妨碍她开口说话了。……

"您猜怎么着?"她说,眼睛没有看着我。

"什么?"我问。

"我们再……滑一次雪橇吧。"

我们顺着一道阶梯爬到山上。我又扶着面色苍白、浑身发抖的娜坚卡坐上小雪橇,我们又朝着可怕的深渊飞下去,风又咆哮,滑木又沙沙地响。正在小雪橇

飞得最快、声音最响的时候,我又低声说:

"我爱您,娜坚卡!"

等到小雪橇停住,娜坚卡就打量一下我们刚刚滑下来的山坡,然后久久地打量我的脸,留心听我冷静淡漠的声音,于是她的全身,上上下下,甚至包括她的皮手笼和风帽在内,都现出极度的困惑。她脸上流露出这样的意思:

"这是怎么回事?是谁对我说了那句话?是他呢,还是我听错了?"

这个疑团闹得她六神不安,失去了耐性。这个可怜的姑娘不回答我问的话,皱起眉头,眼看就要哭出来了。

"我们要不要回家去?"我问。

"可是我……我喜欢滑雪橇,"她说,脸红了,"我们要不要再滑一次?"

她"喜欢"这种游戏,可是话虽如此,她一坐上小雪橇,又跟上两次一样面色苍白,浑身发抖,吓得透不过气来。

我们第三次滑下坡去。我看见她瞧着我的脸,盯住我的嘴唇。可是我拿出手绢来捂住我的嘴,咳嗽,等小雪橇滑到半山腰,我仍然说了一句:

"我爱您,娜坚卡!"

于是这个谜仍然是个谜!娜坚卡默默不语,心事重重。……滑完雪橇,我把她送回家去,她缓缓地走着,极力放慢脚步,一直等着,看我会不会对她说那句话。我看出她的内心很痛苦,她尽力克制自己,免得说出这样的话:

"这句话不可能是风说的!我也不希望是风说的!"

第二天早晨我收到一封短信:"如果您今天去滑冰,就请您来一趟,带我一块儿去。娜。"从这天起我天天跟娜坚卡一块儿去滑冰,坐着小雪橇滑下坡,我每次都低声说着那句话:

"我爱您,娜坚卡!"

不久娜坚卡就对这句话听上了瘾,如同喝酒或者服吗啡上了瘾一样。缺了那句话,她就活不下去。固然,从山顶上飞驰而下,仍然可怕,可是现在恐怖和危险却给那句诉说爱情的话增添了特殊的魅力,那句话却照旧是个谜,搅和着她的心。她仍然怀疑这两者:我和风。……这两者究竟是谁在同她谈情说爱,她不知道,不过到后来她好像也不在乎了:不管用哪一个杯子喝酒反正都没关系,只要能喝醉就成。

一天中午,我独自一个人动身去滑冰。我混在人群当中,看见娜坚卡往山上走去,眼睛往四处张望,她在找我。……后来她胆怯地顺着台阶往上走。……一个人坐雪橇是可怕的,啊,多么可怕!她脸色白得像雪一样,浑身发抖。她走啊走的,仿佛上法场似的,可是她仍然往上走,头也不回,态度坚决。她分明下了决心,试一试我不在的时候,她能不能听见那句惊人而又甜蜜的话。我看见她脸色发白,害怕得张开了嘴,在小雪橇上坐下,闭上眼睛,向人世告别,滑下去。……

"沙沙沙"……滑木响着。那句话娜坚卡听见没有,我不知道。……我只看见她从雪橇上下来的时候,周身软绵绵的,有气无力。从她的脸色可以看出来,她自己也不知道她听见什么话没有。她滑下坡的时候,恐惧已经夺去她听话、辨别声音、理解事物的能力了。……

可是后来,春天的三月来了。……太阳变得比较和煦亲切。我们那座冰山颜色发黑,失去原有的光泽,终于融化。我们不再去滑冰了。可怜的娜坚卡再也没有一个地方去听那句话,况且也没有人来说那句话了,因为这时候已经听不见刮大风的声音,而我也准备到彼得堡去,要去很久,多半从此不回来了。

有一回,大约是我动身的前两天,在苍茫的暮色里,我在小花园里坐着,这个小花园同娜坚卡居住的院子是用一道钉着钉子的高板墙隔开的。……天气还相当冷,粪堆边上还有雪,树木死气沉沉,不过空中已经有春天的气息,白嘴鸦在聒噪,准备安顿下来过夜了。我走到板墙跟前,从板缝里望过去,看了很久。我瞧见娜坚卡从房里走出来,站在门廊上,举起悲哀忧伤的目光眺望天空。……春风吹到她那苍白愁闷的脸上。……这使她想起当初在山坡上她听见那句话的时候向我们咆哮的大风,她的面容就变得越来越幽忧,眼泪顺着她的脸颊淌下来。……可怜的姑娘伸出双手,仿佛要求风再一次给她送来那句话似的。我就等着一阵风刮过去的时候,低声说:

"我爱您,娜坚卡!"

我的上帝啊,娜坚卡起了什么样的变化呀!她叫起来,满脸微笑,迎着风伸出两只手,又高兴又幸福,显得那么美丽。

我走开,收拾行李去了。……

那是很久以前的事。如今娜坚卡已经结婚了。究竟她是由父母定的亲,还是自己做主出嫁的,这都没有关系,总之她嫁给贵族监护会的秘书,现在已经有三个孩子了。至于我们以前一块儿滑过冰,风把"我爱您,娜坚卡"这句话送到她的耳朵里,这些她都没有忘记,如今这成了她一生当中最幸福、最动人、最美好的回忆了。……

我呢,如今年纪大了,我已经不明白当初为什么说那句话,为什么要捉弄她了。……

活 商 品

献给费·费·波普多格洛

一

格罗霍尔斯基抱住丽扎,吻遍她所有的小手指头,那些手指上的粉红色指甲都已经由她用牙齿啃坏了。然后他把她放在蒙着便宜的丝绒的躺椅上。丽扎躺下去,把一条腿架在另一条腿上,把两只手垫在脑后。

格罗霍尔斯基挨着她在椅子上坐下,弯下腰去凑近她。他全神贯注地瞅着她。

在夕阳的光辉照耀下,他觉得她多么俊俏啊!

从窗口望出去,金黄的落日微微带点紫红色,可以完全看清楚。

落日那种明亮而不刺眼的光辉照亮整个客厅和丽扎,一时间给所有的东西都镀上了金黄色。

格罗霍尔斯基看得入迷了。丽扎并不是怎么了不起的美人。不错,她那张小小的猫脸配上栗色的眼睛和翘起来的小鼻子,挺娇嫩,甚至撩人的心,她那稀疏的头发黑得跟煤烟一样,卷曲着,她那小小的身体优雅,灵活,匀称,好比一条电鳗,不过总的说来……然而,还是把我的审美口味放在一边的好。格罗霍尔斯基素来为女人所宠爱,他这一辈子所爱过和断绝过的女人已经有百把个,可是他认为她是美人。他爱她,而盲目的爱情是到处都会找到理想的美的。

"你听我说,"他直勾勾地瞧着她的眼睛,开口说,"我来找你商量事情,我的美人。爱情是不能忍受任何不明确和不固定的情况的。……我指的是不明确的关系，你要知道。……我昨天已经对你说过，丽扎。……我们今天就来努力决定昨天提出的问题吧。好，我们来共同解决。……应该怎么办呢？"

丽扎打个呵欠，用力皱起眉头，从脑后抽出右手来。

"应该怎么办呢？"她把格罗霍尔斯基的话重复一遍，声音低得几乎听不见。

"嗯，是啊，应该怎么办呢？你来解决吧，聪明的小脑袋。……我爱你，而一个热爱着的人是不能跟外人平分爱情的。他比利己主义者还要利己主义。我可不能跟你的丈夫分享爱情。我一想到他也爱你，就在心里把他撕成粉碎。第二，你爱我。……对爱情来说，不可缺少的条件就是充分的自由。……可是难道你自由吗？你想到老是有那么一个人压在你心上，难道会不觉得难受？况且那个人又不是你所爱的人，说不定你还憎恨那个人，而这是极其自然的。……这是第二。……那么第三……第三是什么来着？啊，我想起来了。……那就是我们在欺骗他,这是……不正直的。真诚第一,丽扎。丢开虚伪!"

"是啊,那该怎么办呢?"

"这你猜得出来。……我认为你必须,而且义不容辞地对他说明我们的关系,离开他,去过自由的生活。这前后两件事都应当尽快办到才对。……比方说,哪怕今天傍晚,你就……可以跟他说穿。……这件事也该了结了。……这样偷偷摸摸地谈情说爱,难道你就不嫌厌烦?"

"说穿?对万尼亚说穿?"

"嗯,是啊!"

"那可不行!昨天我就对你说过,米谢尔,那不行!"

"为什么呢?"

"他会生气,大嚷大叫,闹出各式各样不愉快的事来。……难道你不知道他是个什么样的人?求上帝保佑,可别这么办!不能跟他说穿!亏你想得出!"

格罗霍尔斯基举起手来摩挲额头,叹口气。

"是啊,"他说,"他还不只是生气呢。……要知道,我把他的幸福夺走了。他爱你吗?"

"爱。很爱。"

"这又是麻烦事!真不知道这件事该怎样着手。瞒住他吧,那是卑鄙的,可要是对他说穿,又无异于要他的命。……鬼才知道该怎么办!哎呀,该怎么办呢?"

格罗霍尔斯基沉思了。他那苍白的脸上满是愁容。

"我们就老是照现在这样过下去算了,"丽扎说,"要是他想知道这件事,就由他自己撞破好了。"

"可是要知道,这样做……这样做不但是造孽,而且是……话说回来,你是我的,谁也没有权利认为你不属于我而属于别人!你是我的!我可不能把你让给别人!……我怜惜他,上帝看得见,我多么怜惜他,丽扎!我一看见他,心里就痛苦!可是……可是,话说回来,

食 客 集

这又有什么办法呢?你不是不爱他吗?那你何苦守着他受罪呢?非说穿不可!我们跟他说穿了,就一块儿到我家里去。你是我的妻子,不是他的妻子。他要怎么样就随他怎么样吧。他好歹总能熬过这种愁苦。……他不是头一个,也不是末一个。① ……你肯逃跑吗?啊?快点说!你肯逃跑吗?"

丽扎站起来,用疑问的目光瞧着格罗霍尔斯基。

"逃跑?"

"嗯,是啊。……跑到我的庄园上去。……然后再到克里米亚去。……我们可以写信给他说穿这件事。……不妨今天晚上就走。坐一点半钟的那班火车。啊?好吗?"

丽扎懒洋洋地搔着鼻梁,沉思不语。

"好。"她说,然后就……哭了。

她的小脸蛋上泛起小块的红晕,小眼睛肿起来,然

---

① 意谓"有他这种遭遇的人多的是"。

后泪水顺着小小的猫脸淌下来。……

"你哭什么?"格罗霍尔斯基心神不定地问,"丽扎!你怎么了?啊?干吗哭呀?你这个人!这究竟是为了什么呢?亲爱的!我的小亲亲!"

丽扎对格罗霍尔斯基伸出两只手去,搂住他的脖子。她抽抽搭搭地哭了。

"我可怜他……"丽扎喃喃地说,"啊,我多么可怜他!"

"可怜谁?"

"可怜万……万尼亚。"

"我就不可怜他吗?可是有什么办法呢?我们会惹得他痛苦。……他会痛苦,会咒骂。……可是我们彼此相爱,这能怪我们吗?"

说完这话,格罗霍尔斯基就像被蛇咬了一口似的,从丽扎身边跳开,在圈椅上坐下。丽扎丢开他的脖子,很快地,转眼间就在躺椅上坐下了。

他俩满脸通红,低下眼睛,开始咳嗽。

原来有人走进客厅里来了,这个人高身量,宽肩膀,年纪三十岁左右,穿着文官制服。他不声不响地走进来了。可是他走进门口,碰响一把椅子,这才使得那对情人知道有人来了,回头看一眼。来人就是丽扎的丈夫。

他们虽然赶紧回过头去看一眼,可是已经迟了。那个人已经看见格罗霍尔斯基抱住丽扎的腰,已经看见丽扎搂住格罗霍尔斯基的贵族气派的白脖子。

"他看见了!"丽扎和格罗霍尔斯基不约而同地暗自想道,竭力把他们忽然沉重起来的手和困窘的眼睛掩藏起来。……

那个丈夫呆若木鸡,绯红的脸顿时惨白了。

痛苦的、奇怪的、扰乱人心的沉默持续了三分钟。啊,那三分钟!格罗霍尔斯基直到现在还记得。

头一个走动起来,打破沉默的是丈夫。他走到格罗霍尔斯基跟前,脸上做出毫无意义而又近似笑容的怪相,向那人伸出一只手去。格罗霍尔斯基轻轻地握一下那只柔软而冒汗的手,周身打个哆嗦,仿佛他拳头里捏着冰凉的癞蛤蟆似的。

"您好。"他喃喃地说。

"您身体好吗?"丈夫说,声音沙哑,低得几乎听不见。他在格罗霍尔斯基对面坐下,不住地整理他脑后的衣领。……

痛苦的沉默又来了。……不过这次沉默不那么尴尬。……那头一步,最困难、最暧昧不明的一步,已经过去了。

现在剩下来要做的,只是这两个人应当找一个借口去取火柴,或者去干点别的什么小事而退场。他俩都巴不得赶快走掉了事。他们坐在那儿,谁也不看谁,揪着自己的胡子,极力在乱哄哄的头脑里找出个办法来摆脱这种非常别扭的处境。两个人都出汗了。两个人都痛苦得受不了,两个人都满腔愤恨。他们恨不得扭打一场,可是……该怎样动手呢,该谁头一个动手呢?但愿她走出去才好!

"昨天我在俱乐部里看见您了。"布格罗夫(丽扎的丈夫的姓)喃喃地说。

"我到那儿去过……是去过。……您跳舞了吗?"

"嗯……跳舞了。我跟那个……跟留科茨基家的小女儿一块儿跳的。……她跳得很笨。……跳得再糟也没有了。她倒是聊天的能手,"他顿一顿,"她讲个没完没了。"

"是啊……那很乏味。我也看见你们了。……"

格罗霍尔斯基无意中看布格罗夫一眼。……他的眼睛遇上被欺骗的丈夫那种迷茫的目光,他受不住了。他很快地站起来,很快地抓住布格罗夫的手握一下,拿起帽子,往门口走去,感到他的后背很不自在。他觉得有千百只眼睛盯住他的脊梁。这样的心情只有演员给人喝了倒彩,从台口退下场去,或者花花公子后脑勺上挨了人家的拳头,由警察押走的时候才会领略到。

格罗霍尔斯基的脚步声刚刚消失,前堂的房门刚刚嘎吱一响关上,布格罗夫就跳起来,在客厅里兜几个圈子，迈步走到他妻子跟前。她那张小小的猫脸缩成一团，眼睛眯巴起来，好像额头上等着挨一个爆栗似的。丈夫走到她跟前，脚踩着她的衣裙，膝盖撞着她的膝盖，苍白的脸变了样子，胳膊、脑袋、肩膀一齐索索地抖。

"你这个贱货，"他用低沉的、要哭的声调说，"要是你再让他上这儿来，哪怕再来一次，我也要收拾你。……不准他再跨进门来！我要打死他！听明白了吗？哼哼……没出息的畜生！你发抖！卑卑……鄙！"

布格罗夫一把抓住她的胳膊肘，摇撼她，然后把她像小皮球似的摔到窗口去。

"贱婆娘！下流坯！不害臊！"

她几乎脚不点地，一直扑到窗口，伸出两只手抓住窗帘。

"闭嘴！"丈夫走到她跟前，嚷道。他瞪起亮闪闪的眼睛，跺一下脚。

她真就闭住嘴不出声了。她眼望着天花板，抽抽搭搭,脸上的神情就像是小女孩看到人家要责罚她而懊悔不迭似的。

"原来你是这样?啊?跟一个轻薄的花花公子勾搭上了?好哇!莫非你没到圣坛①前面去过?你是什么人?好一个贤妻良母!闭上你的嘴!"

他就一拳打在她那好看的和弱不禁风的肩膀上。

"闭嘴!贱婆娘!我还要给你点更厉害的苦头吃!要是这个下流货胆敢哪怕再来一次,要是我哪怕再撞见一次……听着!!……你跟这个流氓在一起,那……你就别讨饶!我情愿到西伯利亚去②也要打死你!把他也打死!我连眼睛也不会眨一下!走开!我不想再看见你!"

布格罗夫用衣袖擦了擦额头和眼睛,迈开步子在客厅里走来走去。丽扎哭得越来越响,耸动肩膀,皱起

---

① 即教堂里的圣坛,指俄国人在教堂里举行婚礼时在圣坛前宣誓相爱不渝。
② 在俄国,杀人犯通常被判流放西伯利亚,并服苦役。

小鼻子,眼睛盯住窗帘上的花边。

"你胡闹!"她丈夫叫道,"蠢娘们儿的脑子里,糊涂想法就是多!全是些胡思乱想!丽扎威达①,小娘们儿……我可不许你来这一套!你还是给我小心点的好!我不喜欢这一套!你要干下流事,那就……滚蛋!我家里没有你待的地方!要是……你就走你的!你做了妻子,就得把那些花花公子忘掉,从你愚蠢的脑子里赶出去!这全是些胡闹!下一次不许再这样!你还有什么话说!要爱你的丈夫!有了丈夫,就得爱他!就是嘛!有一个还嫌不够?现在,你给我走开……害人精!"

布格罗夫沉默一会儿,叫道:

"叫你走开嘛!到儿童室里去!你哭什么?自己做错了事,还要哭!你这个人啊!去年你勾搭上彼特卡·托契科夫,现在呢,求上帝宽恕我这么说,又勾搭

---

① 这是正名,丽扎是爱称。

上这个魔鬼了。……呸!现在你该明白你是什么人!你是妻子!母亲!去年闹出一场纠纷,现在又闹出一场纠纷。……呸!"

布格罗夫大声叹口气,于是空气里弥漫着白葡萄酒的气味。……他刚吃完中饭回来,微微带点醉意。……

"你知道你的责任吗?不知道!……那就得管教你!你还没受过管教!你母亲就是荡妇,你也是。哭吧!对!哭个够吧!"

布格罗夫走到妻子跟前,从她手里把窗帘夺过来。

"你不要站在窗前。……人家会看见你哭。……下回不许再有这样的事。这么搂搂抱抱,迟早要惹出祸事来。……你会倒霉。我戴绿头巾难道会愉快?可要是你跟他们,跟那些下流家伙胡搞,那你就是给我戴绿头巾,那你就会……哎,不说这些了。……下一次你……不要那样。……要知道我……丽扎……你不要做那种事了。……"

布格罗夫叹口气,于是白葡萄酒的气味把丽扎笼罩住了。

"你年纪轻轻,傻里傻气,什么也不懂。……我又总是不在家。……好,他们就乘虚而入。你得聪明点,头脑清醒点!他们会引你上钩!到时候我就会受不住。……那我就会横下心。……什么都完了!那时候你只有死路一条。一旦你变了心,小娘们儿,我……我就豁出去,什么事都干得出来。我活活把你打死……我把你赶出门去。那时候你就去找你那些坏蛋吧。"

说来可怕![①] 布格罗夫伸出又大又软的手掌……然而只是擦一擦变心的丽扎那张沾满泪水而湿漉漉的脸。他对待他二十岁的妻子就像对待娃娃似的。

"好,够了。……我原谅你了,只是下一次……千万不要这样。我已经原谅你五次,到第六次我再也不原谅了。我这话说了算数。就连上帝也不会为这种事

---

① 原文为拉丁语。

原谅你们这种人。"

布格罗夫低下头去,伸出发亮的嘴唇,要吻丽扎的小脑袋。

可是他没吻成。……

这时候,前堂、饭厅、大厅、客厅的房门发出一连串的砰砰声,格罗霍尔斯基像旋风似的飞奔到客厅里来了。他脸色发白,周身发抖。他挥舞胳膊,揉搓他那顶贵重的帽子。他的礼服在身上晃荡,就像挂在衣架上一样。看上去他像是发高烧了。布格罗夫一看见他,就从妻子身旁走开,掉转头去,对着另一个窗口。格罗霍尔斯基却一直跑到他跟前,摇着胳膊,呼呼地喘气,眼睛没看着人,用颤抖的声调开口说:

"伊凡·彼得罗维奇①!我们彼此不要再演滑稽戏了!够了,我们不要再互相欺骗了!够了!我受不住了!您要怎么办就怎么办吧,我反正受不住了。归

---

① 布格罗夫的名字和父名。上文的万尼亚系伊凡的爱称。

根结蒂,这样太可憎,太下流！太叫人恶心！您要明白,太叫人恶心！"

格罗霍尔斯基讲得上气不接下气,喘个不停。

"这不合我的原则。而且您也是正直的人。我爱她！我爱她胜过世上的一切。这一点您已经看出来,而且……我理当说明这一点！"

"该对他说些什么呢？"伊凡·彼得罗维奇暗想。

"这件事得了结一下。这出滑稽戏不能再这么长久地拖下去！好歹总得解决。"

格罗霍尔斯基深深地吸进一口气,接着说:

"我没有她就活不了。她也一样。您是有学问的人,您明白在这样的条件下您的家庭生活不能再维持下去。这个女人不是您的了。嗯,是啊。……一句话,我请求您用宽厚的……人道观点看待这件事。伊凡·彼得罗维奇！归根结蒂,您要明白,我爱她胜过爱我自己,胜过爱世上的一切。我没有力量压制这样的爱情！"

"那么她呢?"布格罗夫用阴沉而有点讥诮的口气问。

"您问她吧！是啊,您问她嘛！要她跟她所不爱的人一块儿生活,跟您一块儿生活,同时却又爱着另外一个人,那岂不是……岂不是……受罪!"

"那么她呢?"布格罗夫又说一遍,不过这次已经不是用讥诮的口气了。

"她……她爱我！我们互相热爱……伊凡·彼得罗维奇！您打死我们吧,藐视我们吧,迫害我们吧,您想怎么办就怎么办……不过我们再也不能瞒您了！我俩都在这儿!您是被我们……被命运夺去幸福的人,尽管极其严厉地审判我们吧!"

布格罗夫脸涨得像煮过火的龙虾那么红,一只眼睛瞟了瞟丽扎。他开始眨巴眼睛。他的手指、嘴唇、眼皮一齐颤抖起来。他真可怜！丽扎的哭泣的眼睛告诉他说,格罗霍尔斯基的话是对的,事情是严重的。……

"好吧,"他喃喃地说,"如果你们……在当前这段时期里……你们老是这样……"

"上帝看得见,"格罗霍尔斯基用很高的男高音尖叫道,"我们了解您!难道我们没脑筋,没感情?我知道我叫您受了多大的苦。上帝看得见!不过,请您宽容吧!我求求您!我们没有错处!爱情不是过失。任什么样的意志都拗不过它。……您把她让给我吧,伊凡·彼得罗维奇!您放了她,让她跟我一块儿走!您痛苦,那我这儿的东西,您要什么就拿什么,就是把我的生命拿去都行,不过您把丽扎让给我!我不惜牺牲一切。……好,请您告诉我,您让出她而受了损失,我能在哪方面至少略微补偿一下。我可以给您另外一种幸福代替这种已经失去的幸福。我办得到,伊凡·彼得罗维奇!我样样事情都答应!要是我听凭您灰心丧气,置之不理,我就未免太卑鄙了。……我了解您目前的心境。"

布格罗夫摆了摆手,仿佛说:"看在上帝面上,您走吧!"他的眼睛开始被抑制不住的泪水蒙住。……

人们马上就看出来,他是好哭的人。

"我了解您,伊凡·彼得罗维奇!我会给您另外一种您没领略过的幸福。您想要什么?我是有钱的人,我父亲又是有势力的人。……您想要什么?那么,您想要多少钱呢?"

布格罗夫的心忽然怦怦地跳起来。……他伸出两只手去抓住窗帘。

"您要……五万?伊凡·彼得罗维奇,我求求您。……这不是收买,不是做买卖。……我只不过想从我这方面做出点牺牲,至少稍稍弥补一下您那种无法衡量的损失。……您要十万?我愿意照办!您要十万吗?"

我的上帝呀!有两个硕大无比的锤子开始敲打不幸的伊凡·彼得罗维奇冒汗的太阳穴。……他耳朵里像是有几辆俄国四轮马车响起大大小小的铃铛跑过去。……

"请您接受我的牺牲!"格罗霍尔斯基继续说,"我求求您！您搬掉我良心上的重负吧。我求求您了！"

我的上帝呀！布格罗夫的泪眼瞧着窗外。这时候，马路上由于刚下过五月的小雨而有点潮湿，一辆华美的、有四个座位的、安着弹簧的四轮马车正好经过窗前。那几匹马剽悍、凶猛、皮毛发亮、很有气派。马车上坐着几个人，头戴草帽，露出心满意足的脸色，带着长钓竿梢和捞鱼网。……有个男中学生头戴白色制帽，双手拿着一管枪。他们这是到别墅去钓鱼，打猎，在空气新鲜的露天里喝茶。他们这是到仙境般的地方去，而从前，乡村助祭的儿子布格罗夫还是小男孩的时候，就常在那样的地方光着脚，跑遍田野、树林、河岸，皮肤晒得挺黑，然而心里无限地幸福。啊，五月真是迷人得很啊！一个人，能脱掉身上沉重的制服，坐上四轮马车，奔驰到野外去，听一听鹌鹑的叫声，闻一闻新鲜的干草气味，该是多么幸福啊。布格罗夫的心感到愉快的凉意，缩紧了。……十万啊！在他眼前，所有他那些珍藏在心里的幻想，随同那辆马车一起驰骋不已，他

食客集

在漫长的文官生涯中,在省政府或者他那可怜的小书房里坐着,常常喜欢沉湎于那类幻想。……他总是幻想一条河,河水很深,水里有鱼;又幻想一个宽广的园子,有狭窄的林荫道、小喷泉、树荫、花卉、凉亭;又幻想华美的别墅,有露台和塔楼,安着一个风吹琴①和一些银铃……(至于世上有风吹琴,他是在德国的长篇小说里读到的。)天空万里无云,深不可测。空气清澈,洁净,弥漫着各种香气,使他联想到他那光着脚的、忍饥挨饿的、受尽困苦的童年。……他幻想他五点钟起床,九点钟睡觉,白天去钓鱼、打猎、同农民们谈天。……真好啊!

"伊凡·彼得罗维奇!您别折磨人了!您要十万吗?"

"嗯。……十五万!"布格罗夫嘟哝一句,声调低沉,像是公牛嘶哑的叫声。……他说完,就低下头去,

---

① 一种因风吹而鸣响的乐器。

为他的话害臊,等着回答。……

"好,"格罗霍尔斯基说,"我同意!我感激您,伊凡·彼得罗维奇。……我去一去就来。……我不会叫您久等。……"

格罗霍尔斯基跳起来,戴上帽子,往后倒退,从客厅里跑出去。

布格罗夫把窗帘抓得更紧了。……他觉得羞愧。……他心里感到卑鄙、愚蠢,可是另一方面,他那两个跳动的太阳穴之间有些多么美丽灿烂的希望在活动呀!他发财了!

丽扎什么也不明白,生怕他走到她窗子这边来,把她摔到一旁去,就周身颤抖,从半开半掩的房门口溜出去。她走到儿童室里,在奶妈的床上躺下,身子缩成一团。她像害了热病似的索索地抖。

客厅里只剩下布格罗夫一个人了。他感到气闷,就推开窗子。扑到他脸上和脖子上来的空气,多么凉爽啊!要是现在能坐在马车上,舒舒服服地倚在靠垫上,吸一吸这样的空气才好。……那边,远在城外,在乡村和别墅附近,空气还要清新呢。……布格罗夫幻想将来他从自己的别墅里走出来,站在露台上,欣赏风景,被这种空气笼罩着,他甚至微微一笑。……他幻想了很久。……太阳已经落下去,可是他还站在那儿幻想,用尽全力把丽扎的模样从他脑子里撵出去,可是她在他的一切幻想里却总是跟他在一起,形影不离。

"我拿来了,伊凡·彼得罗维奇!"格罗霍尔斯基走进房间里来,凑着布格罗夫的耳朵小声说,"我拿来了。……您收下吧。……喏,这儿,这一叠是四万。……这张票据,麻烦您后天拿着到瓦连契诺夫家里去取两万。……这儿是一张借据。……这是一张支票。……其余的三万过几天……我的总管会给您送来。"

格罗霍尔斯基脸色绯红,神情兴奋,手忙脚乱地在布格罗夫面前放下一堆钞票、证券、纸包等。那是很大的一堆,五颜六色,花花绿绿。布格罗夫有生以来从没见过这么一大堆钱财!他张开肥手指头,眼睛没看着格罗霍尔斯基,着手清点那一叠叠钞票和单据。……

格罗霍尔斯基摊出所有的钱,然后就踩着碎步在房间里走来走去,寻找那个已经卖出去而且经他买下的杜尔西内娅。

布格罗夫把衣袋和钱夹塞得满满的,再把单据收在桌子抽屉里,然后喝下半瓶清水,跑到街上去了。

"马车!"他扯开嗓子大叫一声。

当天晚上十一点半钟,他坐马车来到巴黎旅馆门口。他叮叮咚咚地登上楼梯,敲格罗霍尔斯基所住的房间的门。门开了。格罗霍尔斯基正把衣物收拾到皮箱里去。丽扎坐在桌旁试镯子。布格罗夫走进他们房间里来,把他俩吓一跳。他们以为他来是退回钱,叫丽扎回去,以为他收下钱是一时冲动,不是打定了主意。然而布格罗夫不是来叫丽扎回去的。他穿着一身新衣服,怪不好意思的,觉得极不自在。他鞠躬,在门口站住,姿态像是听差。……他的新装很体面。布格罗夫变了样。簇新的、刚做好的、最时髦的法国花呢衣服包紧他魁梧的身子,平时他身上除了普通的文官制服以外什么也没穿过。他脚上是一双亮晃晃的半高勒皮鞋,配着闪光的扣子。他站在那儿,为他的新装感到难为情,举起右手遮住带表坠的表链,那是一个钟头以前他花三百卢布买来的。

"我来是为了谈一件事情……"他开口说,"常言说得好:事先谈妥,比钱还宝贵。米舒特卡我是不放的。……"

"哪个米舒特卡?"格罗霍尔斯基问。

"我的儿子。"

格罗霍尔斯基和丽扎互相看一眼。丽扎的眼睛睁圆,脸蛋涨红,嘴唇颤抖。……

"好吧。"她说。

她想起米舒特卡的暖和的小床。要那孩子不睡暖和的小床而睡到旅馆里冰凉的长沙发上来,那未免残忍,于是她同意了。

"将来我要跟他见面。"她说。

布格罗夫鞠躬,走出去,神采焕发地跑下楼去,一路上在空中挥舞昂贵的手杖。

"回家去!"他对出租马车的车夫说,"明天早晨五点钟我要出门。……那时候你把车赶来。要是我睡熟了,你就叫醒我。我要出城去。……"

二

那是八月里一个天气晴和的傍晚。太阳嵌在金黄而又带点紫红的背景上,悬在西方地平线上空,准备落到遥远的山冈后面去。各处园子里那些或浓或淡的树荫已经消失,空气变得潮湿,可是树梢上仍然闪着金光。……天气温暖。不久以前刚下过一场雨,使得本来就新鲜、清澈、芬芳的空气越发新鲜了。

我所描写的不是京城里的八月,那儿总是烟雾迷蒙,细雨连绵,天色阴暗,到傍晚天气就转凉,潮湿得不

食 客 集

得了。上帝不许! 我所描写的不是我们北方严酷的八月。我请求读者诸君把思想转到克里米亚靠近费奥多西亚的海岸上,我的人物的别墅就在那里。那别墅漂亮而干净,四周围绕着花卉和剪得整齐的灌木。别墅后边,相距大约一百步远,有个果树园,葱葱茏茏,别墅住客们常在那里散步。……格罗霍尔斯基为这所别墅付出很高的租金,一年大概一千卢布。……别墅不值这么多租金,不过倒挺漂亮。……房屋高而秀丽,配上薄的墙壁和很细的栏杆,显得纤弱而娇贵,再加上房子涂成浅蓝色,四面挂着窗帘、门帘、帷幔,这就像俊俏、娇弱的千金小姐了。

在上述那个傍晚,格罗霍尔斯基和丽扎在别墅的阳台上坐着。格罗霍尔斯基在看《新时报》①,端着带把的绿色杯子喝牛奶。他面前的桌子上,放着盛满矿泉水的虹吸瓶。格罗霍尔斯基认为他肺部害炎症,就

---

① 1868—1917年在彼得堡发行的一种反动报纸。——俄文本编者注

听从德米特利耶夫医师的劝告,不断地吃大量的葡萄、牛奶和矿泉水。丽扎坐在离桌子很远的软圈椅上。她把胳膊肘撑在栏杆上,用小拳头支着小脸,瞅着对面①别墅。……阳光映在对面别墅的窗子上。……起了火一般的窗玻璃,把耀眼的光芒投到丽扎眼睛里。……从别墅四周的花圃和稀疏的树木望出去,远处就是海洋,波涛滚滚,颜色发蓝,广阔无垠,点缀着一根根白色船桅。……这一切是那么美!格罗霍尔斯基在读"不相识者"②的小品文,每读完十行就抬起天蓝色眼睛瞅着丽扎的后背。……他的眼睛里仍旧闪着他原先那种热烈、沸腾的爱情。……尽管他自以为害着肺炎,却无限地幸福。……丽扎感到他的眼睛盯住她后背,她在思索米舒特卡的光明前途,心里那么平静,那么舒畅。

她对于海洋和对面别墅窗玻璃上耀眼的闪光都不

---

① 原文为拉丁语。
② 俄国反动文人,《新时报》的发行人和主编苏沃陵的笔名。——俄文本编者注

大在意,却津津有味地观看一长串大车一辆接一辆地往那所别墅赶去。

那车队满载着家具和各式各样的家庭用品。丽扎看见别墅的栅栏门和大玻璃门都开了,看见赶车人在家具周围走动,不断相骂。从玻璃门里搬进去的,有巨大的圈椅,有蒙着深紫色丝绒的长沙发,有供大厅、客厅、饭厅用的桌子,有大双人床,有儿童床。……他们还搬进去一个又大又重的东西,用蒲席包着。……

"那是钢琴。"丽扎暗想,她的心跳起来。

她有很久没听过钢琴声了,她是极其喜欢这种乐声的。他们的别墅里却一样乐器也没有。她和格罗霍尔斯基仅仅是心灵上的音乐家而已。

在钢琴之后,还搬进去许多箱子和包裹,上面写着"小心轻放"字样。

那是些装着镜子和盘盏的箱子。他们把一辆富丽堂皇的四轮马车运进大门,又把两匹天鹅般的白马牵进去。

"我的上帝！多么阔绰呀！"丽扎暗想，同时记起格罗霍尔斯基怎样花一百卢布为她买一匹年老的矮马，他是既不喜欢骑马出游，也不喜欢马匹的。在她看来，同这些天鹅般的骏马相比，她的矮马活像臭虫。格罗霍尔斯基生怕丽扎骑马跑得太快，就故意给她买一匹劣马。

"多么阔绰啊！"丽扎瞧着吵闹的赶车人，一面想，一面小声说。

太阳已经藏到山冈后面去了，空气不像原先那样清澈和干燥，可是他们仍旧在搬运家具。最后，天色大黑，格罗霍尔斯基不能再读报，然而丽扎仍旧往那边看，看得津津有味。

"要不要点灯？"格罗霍尔斯基问，生怕牛奶里掉进苍蝇，在黑暗中被他吞下肚去，"丽扎！要点灯吗？我们就在黑地里坐着，我的天使？"

丽扎没回答。一辆轻便的双轮马车来到对面别墅的大门前，引起她的注意。……拉马车的小马多么可爱！中等身量,个头不大,气派优雅。……马车上坐着一位先生,戴着高礼帽。一个孩子,大约三岁,大概是个小男孩,坐在他的膝头上,摇着小手。……他摇着小手,高兴得叫起来。……

丽扎忽然发出一声尖叫,站起来,整个身子往前探出去。

"你怎么了?"格罗霍尔斯基问。……

"没什么。……我随便叫一声。……好像……"

那个高身量、宽肩膀、戴高礼帽的先生从马车上下来,抱起男孩,三步并作两步,兴高采烈地往玻璃门那边跑去。

玻璃门哗啷一声开了,他就消失在别墅幽暗的房间里了。

两个仆人跑到轻便马车跟前,恭恭敬敬地把马牵进大门。不久,对面别墅里就点亮灯火,响起杯盘刀叉的声音。戴高礼帽的先生坐下来吃晚饭了,根据盘盏的不停的响声来判断,晚饭吃了很久。丽扎觉得仿佛闻到鸡汤和烤鸭的气味似的。晚饭后,别墅里传来钢琴杂乱的弹奏声。大概戴高礼帽的先生想给孩子解闷,就随他在钢琴上乱弹。

格罗霍尔斯基走到丽扎跟前,搂住她的腰。

"多么美妙的天气!"他说,"空气真新鲜呀!你感觉到没有?我,丽扎,很幸福……简直太幸福了。我的幸福大极了,我甚至怕它一下子化为泡影。巨大的东西照例容易倒塌。……你知道吗,丽扎?尽管我这样幸福,我的心里仍旧不是绝对地……平静。……有一个缠住我不放的想法在折磨我。……它把我折磨得好苦。……它害得我日夜不得安宁。……"

"是什么想法呢?"

"什么想法!一种可怕的想法哟,我的心肝。我一想到……你的丈夫,就心里难受。这个想法我一直没提起过,生怕打搅你内心的平静。可是现在我没法再沉默下去了。……他在什么地方呢?他的景况怎么样?他拿那些钱干什么去了?可怕呀!每天晚上我都见到他的脸,憔悴,痛苦,带着恳求的神情。……是啊,你来评断一下,要知道我们把他的幸福夺走了!我们把他的幸福破坏了,砸碎了!我们是把我们的幸福建筑在他的幸福的废墟上。……他宽宏大量地收下那些钱,可是难道那些钱能弥补他失去你而受到的损失?他不是很爱你吗?"

"很爱!"

"喏,那你就明白了!如今他,要么在借酒浇愁,要么……我真替他担心!唉,多么担心!给他写封信好吗?要安慰他才成。……应该对他说几句好心的话,你要知道……"

格罗霍尔斯基深深地叹口气,摇摇头,给他沉重的思想压得招架不住,一下子在圈椅上坐下。他用拳头支住头,开始思索。根据他的脸容来判断,他的思想是痛苦的。……

"我要去睡了,"丽扎说,"到时候了。……"

丽扎回到她的房间里,脱掉衣服,一下子钻进被子里。她十点钟上床,第二天十点钟起床。她贪舒服,爱睡懒觉。

摩耳浦斯①不久就把她抱在怀里,她通宵做最迷人的梦。……她的梦像是一本本长篇小说、中篇小说和阿拉伯神话。……所有这些梦里的男主人公都是……今天傍晚引得她发出尖叫声的戴高礼帽的先生。

戴高礼帽的先生时而把她从格罗霍尔斯基身边夺走,时而唱歌,时而殴打格罗霍尔斯基和她,时而在窗子跟前鞭笞小男孩,时而对她诉说爱情,时而带着她坐上轻便马车去兜风。……啊,那些梦!有的时候,人闭上眼睛,躺在床上,一夜之间就能度过不止十年的幸福岁月呢。……这天晚上,丽扎尽管挨了打,却经历了很多极为幸福的岁月。

第二天早晨七点多钟,她醒来了。她披上衣服,赶

---

① 希腊神话中的睡神。

快梳好头发,甚至没穿她那双鞑靼式的尖头便鞋,就一溜烟跑到阳台上去。她举起一只手来搭在眼睛上遮住阳光,另一只手把滑下来的衣服拉住,开始看对面的别墅。……她的脸色开朗起来。

再也不能有任何疑问了。那就是他。

对面别墅的阳台下面,玻璃门前边,放着一张桌子。桌上有一套茶具,以一个小小的银茶炊为主,擦得雪亮,闪闪发光。桌旁坐着的就是伊凡·彼得罗维奇。他两只手端着带银托的茶杯喝茶。他喝得十分畅快。这可以从传到丽扎耳朵里来的吧嗒嘴唇的声音听出来。他穿一件家常长袍,深棕色,带黑花。长袍底襟极长的流苏一直垂到地面上。这是丽扎生平第一次看见她丈夫穿长袍,而且长袍又那么华贵。……米舒特卡坐在他的一个膝头上,搅得他喝不好茶。他不住把身子往上耸,极力要抓他父亲发亮的嘴唇。他父亲每喝过三四口茶,就低下头去凑近儿子,吻他的头顶。一只毛色灰白的猫贴紧桌子的一条腿,把尾巴翘得高高的,悲切地咪咪叫,表示想吃东西。

丽扎躲到门帘后面,定睛瞧着她往日的家庭成员。她脸上闪着高兴的神情。

"米舒特卡!"她小声说,"米舒特卡! 你在这儿啊,米舒特卡! 亲爱的! 他多么爱万尼亚! 主啊!"

临到米舒特卡拿起匙子搅和他父亲的茶,丽扎就格格地笑起来。

"而且万尼亚也多么爱米舒特卡! 我亲爱的!"

丽扎又欢喜又幸福,心怦怦地跳起来,头昏目眩了。她支持不住而在圈椅上坐下,从那儿眺望对面。

"他们怎么会到这儿来的?"她问自己,向米舒特卡那边送过一个飞吻去,"是谁指点他们到这儿来的? 主啊! 难道所有那些富丽堂皇的东西都是他的? 难道昨天牵进大门的那些天鹅般的马都归伊凡·彼得罗维奇所有? 啊!"

伊凡·彼得罗维奇喝完茶,走进房里去了。过十分钟,他在门廊上出现……使得丽扎大吃一惊。他,这

食客集

个青年人,一直到七年前才不再被人叫做万卡和万纽希卡①,那时候只要能得到二十戈比,就自告奋勇去打坏人家的下巴,捣毁人家的房屋,如今却打扮得考究极了。他头戴宽边草帽,脚穿极其精美的、亮晃晃的长靴,上身穿一件凸纹布坎肩。……他表链上像有千百个大大小小的太阳放光。他右手潇洒地拿着手套和短马鞭。

他优雅地挥一下手,意思是吩咐听差把马牵过来,这时候他那沉重的身体流露出多么强烈的高傲和自负!

他大模大样地在马车上坐下,吩咐把米舒特卡和钓竿梢送上车来,听差们已经带着米舒特卡,拿着钓竿梢站在马车周围。他把米舒特卡安置在身旁,伸出左手去搂住他,然后拉了拉缰绳,马车就走了。

"嘚儿唷!"米舒特卡叫道。

---

① 伊凡的小名。

丽扎自己也没觉得就拿出手绢来,对他们的后影摇了摇。要是她这时候照一下镜子,就会看见她的小脸变得通红,又在哭又在笑。她心里懊恼,因为她不在欢天喜地的米舒特卡身旁,而且由于某种缘故,她不能马上去把米舒特卡吻个够。

由于某种缘故!……你们,所有那些死板的规矩,统统滚蛋吧!

"格利沙!格利沙!"丽扎跑进寝室里,开始叫醒格罗霍尔斯基,"起床吧!他们来了!亲爱的!"

"谁来了?"格罗霍尔斯基醒过来,问道。

"我们家的人。……万尼亚和米舒特卡。……他们来了!就在对面别墅里。……我一瞧,原来是他们。……他们在喝茶呢。……米舒特卡也在喝。……我们的米舒特卡长成一个多么可爱的小天使啊,只要你看见他就明白了!圣母啊!"

"你说的是谁呀?哎,你那个……是谁来了?在哪儿?"

"万尼亚和米舒特卡。……我一瞧对面的别墅,不料他们正坐着喝茶呢。米舒特卡已经会自己喝茶了。……你看见昨天人家在搬运东西吗?那就是他们来了!"

格罗霍尔斯基皱起眉峰,擦擦额头,脸色变白了。

"他来了?你的丈夫?"

"嗯,是啊。……"

"他来干什么?"

"他们多半就在这儿住下了。……他们不知道我们在这儿。要是他们知道,就会往我们的别墅这边瞧,可是他们光喝茶……一点也没理会。……"

"现在他在哪儿?看在上帝面上,你倒是说清楚啊!唉!你说,他在哪儿?"

"他带着米舒特卡一块儿坐着马车钓鱼去了。……他们坐着轻便双轮马车。你昨天看见那些马吗?那就是他们的马。……万尼亚的。……万尼亚用那些马拉车。你看怎么样,格利沙?我们就把米舒特卡接来住一阵吧。……接他来吧,好吗?他是那么好的男孩!好极了!"

格罗霍尔斯基沉思不语,可是丽扎讲啊讲的,停不住嘴。……

"这可是意料不到的相逢……"格罗霍尔斯基经过长久而且照例是痛苦的思索以后,说,"哎,谁能料到我们会在这儿相逢呢?喏……现在可真的相逢了。……相逢就相逢吧。可见这也是命该如此。我能想象,他跟我们相见的时候会觉得多么尴尬!"

"我们把米舒特卡接来住一阵吗?"

"把米舒特卡接来住好了。……可是跟他相见就别扭了。……是啊,我该跟他说什么好呢?谈点什么呢?他也别扭,我也别扭。……不应该跟他见面。如果必要的话,我们就打发仆人传话好了。……今天,丽扎,我头痛得不得了。……胳膊和腿都痛。……周身酸痛。我脑袋在发烧吧?"

丽扎伸出手心去摸他的额头,发现他的脑袋滚烫。

食 客 集

"我做了一夜的噩梦。……今天我就不起床了,躺一躺。……我得吃点奎宁才成。你打发人把茶送到我这儿来吧,小母亲。……"

格罗霍尔斯基吃下奎宁,在床上躺了整整一天。他喝温水,哼哼唧唧,更换床单,不住诉苦,闹得他四周的人都厌烦得要命。每逢他自以为得了感冒,就闹得叫人受不了。丽扎不得不常常打断她那好奇的观察,从阳台上跑到他房间里去。吃中饭的时候,她不得不去给他敷上芥末膏。要不是对面的别墅帮我女主人公的忙,那么,读者诸君,这种局面该是多么枯燥乏味啊。……整整一天丽扎都在观看别墅,幸福得透不过气来。

十点钟,伊凡·彼得罗维奇和米舒特卡钓鱼回来,吃早饭。两点钟,他们吃中饭。四点钟,他们坐着四轮马车不知到哪儿去了。那些白马把他们拉走,快得像闪电似的。七点钟,客人们纷纷来到他们家里,都是男客。阳台上,人们凑着两张桌子打牌,一直玩到午夜。

有个男客钢琴弹得很好。客人们打牌,吃喝,扬声大笑。伊凡·彼得罗维奇放开嗓门哈哈大笑,给他们讲亚美尼亚生活中的故事,声音响得所有的别墅全能听见。他们兴高采烈!米舒特卡也跟他们一起坐到午夜。

"米舒特卡挺高兴,不哭,"丽扎暗想,"可见他不记得妈妈。可见他已经忘记我了!"

丽扎心里觉得极其辛酸。她哭了一夜。她那小小的良心、她的烦恼、她的痛苦、她想同米舒特卡谈话和吻他的热烈愿望,都在折磨她。早晨她起床,头很痛,眼睛带着泪痕。格罗霍尔斯基却以为她那些眼泪是为他流的。

"不要哭,亲爱的!"他对她说,"今天我已经好了。……胸口还有点痛,不过这不算什么。"

他们喝茶的时候,对面别墅里的人在用早饭。伊凡·彼得罗维奇只顾瞧他的碟子,除了流油的鹅肉以外什么也没看见。

食　客　集

"我很满意,"格罗霍尔斯基斜起眼睛看一下布格罗夫,小声说,"我很满意,因为他生活得还算不错!至少让这种相当舒适的生活环境来消除他的悲愁吧。你快藏起来,丽扎!他们会看见你的。……现在我不想跟他谈话。……求上帝保佑他!何必去搅扰他的安宁呢?"

然而,中饭却没有这样太平无事地吃完。……吃饭中间,恰好出现了格罗霍尔斯基极担心的那种"尴尬的局面"。格罗霍尔斯基最爱吃的烤沙鸡那道菜刚端到桌子上来,丽扎忽然发窘了,格罗霍尔斯基也动手用餐巾擦脸。他们看见布格罗夫站在对面别墅的阳台上。他站在那儿,用手扶住栏杆,瞪大眼睛,直勾勾地瞧着他们。

"你快走,丽扎!……快走……"格罗霍尔斯基小声说,"我早就说过,应该在房间里吃饭!真的,你这个人啊……"

布格罗夫瞧啊瞧的,忽然大叫一声。格罗霍尔斯基对他看一眼,瞧见他那大吃一惊的脸。

"是你们呀?!"伊凡·彼得罗维奇叫道,"是你们呀?! 你们也在这儿? 你们好!"

格罗霍尔斯基用手指头从这个肩膀划到另一个肩膀。他的意思是说:他胸部衰弱,因而隔这么远喊话是不可能的。丽扎心跳起来,眼花了。……布格罗夫从他的阳台上跑下来,穿过大路,不出几秒钟就已经站在格罗霍尔斯基和丽扎用饭的阳台底下。沙鸡算是吃不成了!

"你们好,"他开口说,脸红了,把他那双大手塞进口袋里去,"你们到这儿来了? 你们也到这儿来了?"

"对,我们也到这儿来了。……"

"你们是怎么到这儿来的?"

"那么您是怎么到这儿来的呢?"

"我? 说来话长! 那是整整一篇叙事诗呢,老兄! 可是别打搅你们,你们自管吃饭! 自从……那个以后,你们要知道,我一直在奥列尔省住着。我租下一个小小的庄园。挺好的庄园！可是你们吃饭呀！我从五月底起就一直在那儿住着,不过现在呢,我不要住了。……那儿太冷,嗯,再者,医生叮嘱我到克里米亚来。……"

"莫非您得了什么病?"格罗霍尔斯基问。

"嗯,是啊……这儿老是好像……有个什么东西在翻腾。……"

伊凡·彼得罗维奇说到"这儿",就伸出手来,从脖子起一直摩挲到肚子中间。

"原来你们也在这儿。……哦……这很愉快。你们在这儿住了很久吗?"

"我们是六月里来的。"

"哦,那么你,丽扎,怎么样？身体好吗？"

"好。"丽扎回答说,很窘。

"你恐怕很想念米舒特卡吧？啊？他跟我一块儿来了。……我马上打发尼基佛尔把他送到你们这儿来。这很愉快！好,再见！我现在得出去一趟。……昨天我认识了捷尔-加依玛左夫公爵。……他虽然是亚美尼亚人,却是极好的人!今天他家里打槌球。……我们要去打槌球了。……再见!马车已经来了。"

伊凡·彼得罗维奇把身子往后一转,摇摇头,用手做了个"再见"的姿势,跑回他的别墅去了。

"不幸的人啊!"格罗霍尔斯基目送他出去,说道,深深地叹口气。

"他有什么不幸?"丽扎问。

"他看见你,却又没有权利叫你妻子!"

"傻瓜!"丽扎放肆地想,"草包!"

将近傍晚,尼基佛尔把米舒特卡送来,丽扎就搂住米舒特卡,吻他。起初米舒特卡哇哇地哭,不过,等到把石枣酱拿给他吃,他就亲切地微笑了。

格罗霍尔斯基和丽扎一连三天没见到布格罗夫。他不知到哪儿去了,只有晚上才在家。第四天,他又在吃中饭的时候到他们家里来。……他来后,同他们两个人握过手,就挨着桌子坐下。他脸色严肃。

"我是来找你们商量事情的,"他说,"你们把这封信读一遍!"

他把信交给格罗霍尔斯基。

"您读一遍!大声读吧!"

格罗霍尔斯基把这封信大声念一遍:

"我亲爱的、孝顺的、永不忘怀的儿子约翰①!我收到你恭顺多情②的来函,你约你老朽的父亲赴空气清新而性情温和的克里米亚一游,借以呼吸有利的空气,观看我前所未见的土地。兹谨对你的来函答复如下:一俟我请准假,即将前来尊处,只是为期不能太久。我的同事盖拉西木神甫是体弱多病之人,我不能留下他一个人太久耳。你没有忘记你的双亲,亦即父母,我

---

① 写信人是教士,故用基督教圣徒约翰的名字(在俄国人名中相当于伊凡)。
② 由于掉文而用词不当。下文还有这类错误和文理不通之处,不再一一注出。

实不胜其敏感。……你以爱抚满足你的父亲,在祷告辞中提及你的母亲,因为这是理应如此矣。希望你到费奥多西亚迎接我是幸。费奥多西亚究是何等城市?这个城市什么样子?鄙人颇愿一观。你的教母,亦即把你从圣水盘①里捞出的女人,名字就叫费奥多西亚也。你来函声称上帝赐恩使你打牌赢得二十万卢布。此一消息我闻之实甚诱人。然而你官卑职小,尚未高升,便丢官不做,此事我实不便恭维。盖富人也当做官也。我永久为你祝福,现在如此,将来亦复如此。安德罗诺夫家的伊里亚和谢烈日卡问候你。你可寄给他们每人十卢布。他们很穷!你慈爱的父亲,司祭彼得·布格罗夫。"

格罗霍尔斯基念完这封信,跟丽扎一起瞧着布格罗夫,露出疑问的神情。

"你们看得出来这是怎么回事……"伊凡·彼得

---

① 基督教洗礼仪式所用的器具。

罗维奇结结巴巴地开口说,"他住在此地的时候,我想请求你,丽扎,不要让他看见,躲起来。我给他写过信,说你得了病,到高加索医病去了。要是你跟他见面,那么……你知道……那就尴尬了。……嗯。……"

"好吧。"丽扎说。

"这倒可以照办,"格罗霍尔斯基暗想,"既然他肯牺牲,我们又何尝不可以有所牺牲呢?"

"劳驾。……要不然,他一看见你,那就糟了。……我父亲是个规矩很严的人。他会在七个大教堂里诅咒我。你,丽扎,不要走出房外,只要做到这一点就行。……他不会在这儿住很久。不用担心。……"

彼得神甫没叫他们久等。有一天早晨,天气晴和,伊凡·彼得罗维奇跑过来,用鬼鬼祟祟的口气小声说:

"他已经来了!眼下在睡觉呢!那就麻烦你们了!"

于是丽扎关在四堵墙当中,出去不得。她不敢走到院子里去,也不敢走到阳台上去。她只能从窗帘里看一下天空。……说来也是她倒霉,伊凡·彼得罗维奇的父亲老是在露天底下散步,甚至在阳台上睡觉。彼得神甫是个矮小的教士,头戴卷边的高礼帽,身穿棕色法衣,经常慢腾腾地在别墅四周溜达,戴着旧式眼镜观赏"前所未见的土地"。伊凡·彼得罗维奇陪着他散步,纽扣眼上挂着斯坦尼斯拉夫勋章。通常他是不戴勋章的,然而在亲属面前,伊凡·彼得罗维奇却喜欢装腔作势。他跟亲属们在一起,总要戴上斯坦尼斯拉夫勋章。

丽扎烦闷得要死。格罗霍尔斯基也难受。他不得不独自出外散步,没有人做伴。他差点哭了,不过……也只得听天由命。此外,每天早晨布格罗夫都要跑过来,低声报告谁也不要听的消息,说矮小的彼得神甫身体如何如何。他这些报告惹得他们满心腻烦。

"晚上他睡得挺好!"他报告说,"昨天他生气了,怪我家里没有腌黄瓜。……他喜欢米舒特卡。老是摩挲他的脑袋。……"

食　客　集

大约过了两个星期,矮小的彼得神甫终于最后一次在别墅周围散步,而且使得格罗霍尔斯基大为庆幸的是,他终于走了。他玩得尽兴,极其满意地走了。……格罗霍尔斯基和丽扎又照老样子过活。格罗霍尔斯基又感谢他的命运。……然而他的幸福没有持续很久。……新的灾难又来了,比彼得神甫更加恼人。

伊凡·彼得罗维奇已经养成习惯,每天都到他们家里来。伊凡·彼得罗维奇,老实说,是挺好的人,然而又是个很难相处的人。他总是在吃饭的时候来,在他们家里吃饭,在他们家里坐很久。这还不去说他。可是招待他吃饭就得买白酒,格罗霍尔斯基却受不了。他总要喝五杯白酒,吃饭的时候唠叨没完。然而这也不去说他。……可是他常常一直坐到深夜两点钟,不让他们睡觉。……主要的是有些不该说的话,他居然说出来了。深夜两点钟,他喝足白酒和香槟,就把米舒特卡抱起来,一面哭着,一面当着格罗霍尔斯基和丽扎的面对他说:

契诃夫小说选集

"我的儿子!米哈依尔①!我算是什么人?什么人呀?我……是坏蛋!我把你母亲卖了!我贪图三十块银币②就把她卖掉了!……主惩罚我吧!米哈依尔·伊凡内奇!小猪!你的母亲在哪儿?呸!没有了!卖给人家做奴隶了!是呀!可见……我是坏蛋哟。"

这些眼泪和话语把格罗霍尔斯基的整个心翻过来了。他胆怯地看一眼脸色苍白的丽扎,绞自己的手。

"去睡吧,伊凡·彼得罗维奇!"他胆怯地说。

"我就走。……我们走,米舒特卡!上帝审判我们吧!我一想到我妻子做奴隶,我就休想睡着觉。……不过这也不能怪格罗霍尔斯基。……我出货,他出钱嘛。……自由的人才有自由,得救的人才能上天堂啊。……"

白天,伊凡·彼得罗维奇也不让格罗霍尔斯基好

---

① 米哈依尔的小名就是上文的米舒特卡。
② 这是犹大出卖耶稣的报酬。

受些。使得格罗霍尔斯基大为惊恐的是,他一步也不离开丽扎。他带她一块儿去钓鱼,给她讲故事,跟她一起散步。甚至有一次,他趁格罗霍尔斯基得了感冒,竟然拉着她坐上他那辆四轮马车,上帝才知道到什么地方去了,直到深夜才回来。……

"岂有此理!太不近人情!"格罗霍尔斯基咬着嘴唇想道。

格罗霍尔斯基喜欢随时吻丽扎。缺了那些甜蜜的吻,他就活不下去,然而当着伊凡·彼得罗维奇的面,不知怎的,又不好意思吻她。……真是活受罪!这个可怜人感到孤苦伶仃。可是命运不久就怜悯他了。伊凡·彼得罗维奇忽然整整一个星期不知去向。他家里来了些客人,把他带走了。连米舒特卡也给带走了。

有一天早晨,天气晴和,格罗霍尔斯基出外散步,然后兴高采烈、精神奕奕地回到别墅里。

"他回来了,"他搓着手对丽扎说,"他回来了,我很高兴。……哈哈哈!"

"你笑什么?"

"他带着女人回来了。……"

"什么女人?"

"我不知道。……他身边有女人了,这才好。……简直好得很。……他还那么年轻,那么生气勃勃。……你快到这儿来!你来看。……"

格罗霍尔斯基把丽扎领到阳台上,对她指指对面的别墅。他俩不禁捧腹大笑。那情形也真滑稽。伊凡·彼得罗维奇站在对面别墅的阳台上微笑。下边,阳台底下,站着两个黑发女人,还有米舒特卡。两个女人用法国话大声讲一件什么事,哈哈大笑。

"她们都是法国女人,"格罗霍尔斯基说,"那个离我们比较近的,相貌很不坏。她活像轻骑兵,不过那也没什么。……这种女人往往也有好的。……不过她们多么……不顾体面啊。"

滑稽的是伊凡·彼得罗维奇把身子从阳台上探出去,放下两条长胳膊,用两只手抱住一个法国女人的肩膀,弄得她格格地笑,然后把她抱上来,放在阳台上。

他把两个女人都抱到阳台上,然后又把米舒特卡也抱上去。接着两个女人又跑下去,于是举重游戏就又开始了。……

"嘿,他的筋肉可真结实!"格罗霍尔斯基瞧着这个场面,喃喃地说。

这种举重,大约重演了六次。两个女人可爱得很,就连她们往上升、空中的大风尽情地掀起她们膨胀的连衣裙的时候,她们也一点都不觉得难为情。每逢女人升到阳台上,迈腿跨过栏杆,格罗霍尔斯基就不好意思地低下眼睛。可是丽扎看着却哈哈大笑!依她看来,这有什么了不得的?反正又不是男人在撒野;如果男人干出撒野的事,那么她作为女人,看见了应当害臊,可是如今撒野的是女人啊!

傍晚,伊凡·彼得罗维奇跑过来,忸怩地申明说,他现在是有家庭的人了。

"你们不要把她们看得一无是处,"他说,"不错,她们是法国女人，老是大嚷大叫，不住喝酒……然而这是理所当然的！法国人受的就是这样的教育！这是毫无办法的……"伊凡·彼得罗维奇接着说下去，"她们是公爵转让给我的。……几乎没要我的钱。……他说：你就干脆收下吧！……日后你们应当跟公爵认识一下才好。他是个有学问的人！他老是写文章，写啊写的。……你们知道她们的名字吗？一个叫番妮，一个叫伊萨贝拉。……欧洲啊！哈哈哈……西方啊！再见！"

伊凡·彼得罗维奇从此不再来打搅格罗霍尔斯基和丽扎，终日跟那两个女人在一起厮混。从他的别墅里成天价传来说话声、欢笑声、盘盏声。灯火点到深夜才熄灭。格罗霍尔斯基喜不自胜。经过痛苦的长期间隔以后，他终于又感到幸福安宁了。伊凡·彼得罗维奇同两个女人在一起也不及他同一个女人在一起那么幸福。可是，唉！命运却没有心肝。它玩弄格罗霍尔斯基、丽扎、伊凡、米舒特卡，把他们当做棋盘上的小卒。格罗霍尔斯基又失去安宁了。

有一天(那是过了大约一个半星期以后),他醒得很迟,走到阳台上,不料在那儿看见一个画面,使得他震惊、愤慨,引起他的满腔怒火。原来对面别墅的阳台底下站着两个法国女人,而且……丽扎插在她们中间。她一面谈话,一面斜起眼睛看她自己的别墅:他,那个霸王,那个暴君,醒过来没有？(格罗霍尔斯基就是这样解释这种目光的。)伊凡·彼得罗维奇站在阳台上,卷起袖子,把伊萨贝拉抱上来,然后又把番妮抱上来,再把……丽扎抱上来。他把丽扎抱上来后,格罗霍尔斯基却觉得他好像把她搂在怀里了。……丽扎也抬起一条腿跨过栏杆。……啊,那些女人！她们个个都是斯芬克司啊！

等到丽扎离开从前的丈夫,走回家去,装得若无其事,踮起脚尖走进寝室里来,格罗霍尔斯基却躺在床上,脸上红一块白一块的,那样子像是奄奄一息的人,嘴里不住呻吟。

他见到丽扎,就跳下床,在寝室里走来走去。

"原来您是这样一个人?"他用男高音大声尖叫道,"原来您是这样一个人?多谢多谢!这真是岂有此理,高贵的夫人!这简直是不顾廉耻!您要明白这一点。"

丽扎脸色煞白,而且,不消说,哭起来了。女人觉得自己有理就会又骂又哭,可是等到她觉得自己有错,就只有哭的份儿了。

"居然跟那些荡妇混在一起?!那……这……这比不顾体统还恶劣!您知道她们都是些什么人?那是卖笑的女人!妓女!您这么个规矩的女人居然混到她们堆里去了?!还有那个家伙……那个家伙!他要怎么样呢?他还要我拿出什么东西来呢?我不明白!我把我的一半财产都给了他,而且还不止一半呢!您自己也知道!我把我自己没有的也都给了他。……我差不多把样样东西都给他了。……可是他!您同他用'你'相称,在这方面他没有任何权利,可是我忍住了没说,你们出外散步,饭后接吻,我也忍住了没说……样样事情我都忍气吞声,可是这种事我再也忍不下去。……有我就没他!叫他离开此地,要不然我就走!我再也不能这样生活下去。……不行!这你自己也明白。……有我就没他。……够了!这已经忍无可忍。……就是没有这种事我也已经痛苦极了。……我马上就去找他谈判。……立刻就去!说真的,他是什么东西?他有什么了不起的!嗯,不行。……他不该这么目中无人。……"

格罗霍尔斯基另外还说了许多大胆的刻薄话,不过没有"马上"就去:他又胆怯又害臊。他三天以后才到伊凡·彼得罗维奇家里去。

他走进他的住宅里,不由得目瞪口呆。布格罗夫在他四周布置得那么富丽堂皇,使他暗自吃惊。四壁蒙着丝绒,椅子贵重得吓人……豪华的地毯简直弄得人不敢站上去。格罗霍尔斯基生平见过很多阔人,可是在任何一个阔人家里都没见过这种发疯般的奢华。

然而他带着莫名其妙的战战兢兢的心情走进大厅里,却又看到那儿多么凌乱!钢琴上放着几个菜碟,碟子里盛着些小面包块,椅子上有只玻璃杯,桌子底下有个筐子,里面装着脏得不像样的女人衣服。窗台上摊着核桃的碎壳。格罗霍尔斯基走进去的时候,布格罗夫本人也穿得不大整齐。他在大厅里走来走去,脸色绯红,头发没梳,身上只穿着内衣,嘴里自言自语。……看来他在为一件什么事心神不安。米舒特卡也在大厅里,坐在长沙发上,刺耳的哭叫声在空中震荡。

"这真可怕,格利果利·瓦西里奇!"布格罗夫一看见格罗霍尔斯基就开口说,"这么乱糟糟的,这么乱糟糟的。……请坐请坐!请您原谅我这身亚当和夏娃①的打扮。……这没什么关系。……这儿可真乱得厉害!我都不懂:人怎么能在这种地方生活下去?我不明白!仆人们不听使唤,天气坏透了,样样东西都

---

① 据基督教传说,他们是上帝所创造的第一对男女,赤身露体,见《旧约·创世记》。

贵。……你闭嘴!"布格罗夫突然在米舒特卡面前站住,嚷道,"闭嘴!叫你闭嘴!畜生!你不闭嘴?"

布格罗夫就拧一下米舒特卡的耳朵。

"岂有此理,伊凡·彼得罗维奇!"格罗霍尔斯基用含泪的声音开口说,"怎么能打这么小的孩子?说真的,您这个人啊。……"

"那就叫他别哭。……闭嘴!我拿鞭子抽你!"

"你别哭了,米舒特卡,乖孩子。……爸爸不会再打你。您别打他,伊凡·彼得罗维奇!要知道他还是个孩子呢。……得了,得了。……你想要小假马吗?我会叫人给你送个小假马来。……说真的,您多么……狠心啊。……"

格罗霍尔斯基沉默一会儿,问道:

"您那两个女人过得怎么样,伊凡·彼得罗维奇?"

"不怎么样。……我把她们赶走了。……我不客气了。本来我倒还想留下她们,可是不合适:孩子长大了。……父亲的榜样很要紧。……要是只有我一个人,喏,那就是另一回事了。……再者我留下她们又有什么意思呢?呸……简直是滑稽戏!我对她们讲俄国话,她们却对我讲法国话。……她们什么也不懂,笨得跟木头一样。"

"我来找您,伊凡·彼得罗维奇,是要商量一件事。……嗯。……倒不是什么了不得的事,而是很普通的……三言两语就说完。实际上,我有一件事要请求您。"

"什么事呢?"

"您认为,伊凡·彼得罗维奇,您可以……离开此地吗?您在这儿,我们倒很高兴,也很愉快,不过,您知道,就是不大方便。……您明白我的意思。这样有点别扭。……相互的关系有点不明确,彼此相处老是有点别扭。……那就有必要分开。……甚至非分开不可。……您要原谅我,不过……您自己,当然,也明白,在这类情况下,生活在一起,往往会引起……某种想法。……那就是说,不是想法,而是会有一种别扭的感觉。……"

"对。……是这样。这一点我自己也想到了。好,我走就是。"

"我们会很感激您。……请您相信,伊凡·彼得罗维奇,关于您,我们会保留最美好的回忆!您的牺牲……"

"好。……只是这许多东西我放到哪儿去呢?您听着,我这些家具您就买下吧!您肯买吗?这倒不算贵。……八千……一万就行了。……家具啦、钢琴啦、四轮马车啦。……"

"好。……我给您一万。……"

"那太好了!明天我就走。……我到莫斯科去。在这儿没法生活!样样东西都贵!贵得吓人!钱像流水似的花出去了。……动不动就是一千。……这我可受不了。……我有个家呀。……喏,谢天谢地,您总算把我的家具买下了。我手头总算可以宽裕一点,要不然我就完全破产了。……"

格罗霍尔斯基站起来,跟布格罗夫告别,欢天喜地,回到他的别墅去了。傍晚他打发人给布格罗夫送去一万。

第二天一清早,布格罗夫和米舒特卡就已经到达费奥多西亚了。

三

好几个月过去。春季来临了。

随着春天,明朗晴和的白昼来了,生活就不那么可憎而乏味,大地也变得好看多了。……温暖的空气从海洋上和田野上吹来。……大地覆盖着新生的青草,树上的嫩叶绿油油的。大自然复活,换上一身新装了。

既然大自然的万物都焕然一新,年轻而富于朝气,看样子,人的头脑里似乎也应该有新的希望和新的愿望活动才对。然而人却是难于重生的。

食客集

格罗霍尔斯基仍旧住在那个别墅里。他的希望和愿望都很小,不算苛刻,而且仍然集中在那个丽扎身上,在她一个人身上,不在别人身上!他跟从前那样,眼睛一刻也不放松她,心里快乐地暗想:"我多么幸福啊!"这个可怜人确实感到幸福极了。丽扎跟从前一样,坐在阳台上,不知为什么总是烦闷地瞧着对面的别墅和她四周的树木,从树木里望出去可以瞧见蓝色的海洋。她跟从前一样,老是沉默不语,常常哭泣,有的时候给格罗霍尔斯基敷上芥末膏。不过她倒也有新的变化值得庆贺。她的内心有一条虫子。这条虫子就是怀念。她心里满是强烈的怀念,怀念她的儿子,怀念过去的生活,怀念欢乐。以往的生活不算特别快乐,然而毕竟比当前的生活快乐些。……当初她同丈夫一起生活,偶尔总要到剧院去一趟,到俱乐部里走走,到熟人家里坐坐。可是在这儿,同格罗霍尔斯基一起呢?这儿的生活空虚而平静。……她身旁只有一个人,而且这个人常常生病,随时凑过来甜蜜地吻她,像是沉默寡言而又总是高兴得流泪的老爷爷。真是枯燥无味！这儿没有那个喜欢跟她跳玛祖卡舞的米海·谢尔盖伊奇,也没有《省报》主编的儿子斯皮里东·尼古拉伊奇。斯皮里东·尼古拉伊奇善于唱歌和朗诵诗篇。这儿没有放满冷荤菜的桌子,没有客人,没有保姆盖拉西莫芙娜,听不见保姆经常抱怨她果酱吃得太多。……一个人也没有！简直只能躺在这儿,活活地愁死。格罗霍尔斯基却为他的孤独生活高兴,然而……他高兴错了。他很快就为他的利己主义付出了代价。五月初,那是连空气本身似乎也爱着什么,而且幸福得神魂颠倒的时候,格罗霍尔斯基却失去了一切:他所爱的女人,以及……

这一年,布格罗夫又到克里米亚来了。他倒没租下对面的别墅,光是带着米舒特卡一起游逛克里米亚的各个城市。他在那些城市吃喝睡觉,打纸牌。他对钓鱼和打猎,对法国女人,已经丧失一切兴趣,不瞒读者诸君,以前那两个法国女人从他那儿很拐走了一点钱。他面容消瘦，不再神采焕发，欢畅地微笑，身上只穿帆布衣服了。伊凡·彼得罗维奇偶尔也到格罗霍尔斯基的别墅来拜访。他给丽扎带来果酱、糖果、水果，似乎努力要给她解闷。这种访问倒没惹得格罗霍尔斯基不安，特别是因为来访的次数很少，时间又短，再者看起来他的目的是把米舒特卡带来，而米舒特卡跟母亲会面的权利却是在任何情形下也不能剥夺的。布格罗夫来后，总是摊出他的礼物，说上几句话，就走了。而且那几句话也不是对丽扎说，却是对格罗霍尔斯基说的。对丽扎，他什么话也没说。格罗霍尔斯基就放心了。……然而俄国有句谚语，格罗霍尔斯基却不妨记住，那就是"汪汪叫的狗不用怕，闷声不响的才要怕。……"这句谚语是恶毒的，不过在实际生活中有的时候却十分有用呢。

有一回，格罗霍尔斯基在园子里散步，听见两个人在说话。一个是男人的声音，另一个是女人的。头一个是布格罗夫的，第二个是丽扎的。格罗霍尔斯基仔细地听,脸色白得跟死人一样,悄悄地往说话人那边走去。他在丁香花丛后面站住,开始观察和倾听。他手脚一齐发凉。他额头上冒出冷汗。他伸出两只手去抓住几根丁香枝子,免得摇晃和摔倒。一切全完了!

布格罗夫搂住丽扎的腰,对她说:

"我亲爱的!哎,我们有什么办法呢?可见这是天意如此。我是坏蛋哟。……我把你卖了。我贪图那个希律①的钱财,巴不得叫他死了才好。……可是要这些钱财有什么用呢?反而心神不定,到处去摆阔罢了!既不得安宁,也说不上幸福,更没有官品。……弄得人像个傻子似的坐在一个地方不动,连一步也迈不出去。……你听说了吗?安德留希卡·玛尔库津当上科长了。……就是安德留希卡,那个傻瓜!可是我呢,坐着不动了。……主啊,主啊!我又失去了你,又失去了幸福。我是坏蛋!流氓!你以为到世界末日审判的

---

① 基督教传说中对耶稣加以侮辱和迫害的希律王,见《新约·马太福音》。在此借喻"暴君"。

时候我会好受吗?"

"我们离开这儿吧,万尼亚!"丽扎哭着说,"我闷得慌。……我愁得要死。"

"不行。……我拿过钱了。"

"喏,把钱退回去好了!"

"我倒乐意退回去,可是……唉唉……等一下,母马!钱全花完了!现在只得听天由命,小母亲。……这是上帝在惩罚我们。我是因为贪财而受罚,你呢,是因为轻浮。哎,我们就活受罪吧。……到下个世界就可以轻松点了。"

布格罗夫由于宗教感情涌上心头而举眼望着天空。

"可是我没法在这儿生活下去!我闷得慌!"

"那有什么办法呢?我就不闷得慌?难道我缺了你还会高兴?我苦闷极了,憔悴极了!我胸口都痛起来了!……你是我合法的妻子,我肉上的肉……我的亲骨肉。……你活下去,忍着吧!我呢……以后还会来,还会拜访你们的。"

布格罗夫低下头去凑近丽扎,开始小声说话,不过声音还是挺响,几俄丈开外都听得见:

"我可以晚上来找你,丽扎。……你不用担心。……我就住在费奥多西亚,就在附近。……我要住在这儿,紧挨着你,直到我把钱都花光为止。……不久我就会花得一个也不剩!哎,哎!这算是什么生活哟?心里烦闷,周身酸痛……胸口也痛,肚子也痛。……"

布格罗夫停住嘴。这时候轮到丽扎讲话了。……我的上帝,这个女人多么残忍啊!她开始哭泣,诉苦,列举她情夫的种种缺点和她自己的苦处。……格罗霍尔斯基听着她讲话,觉得自己成了强盗,恶棍,害人精。……

"他把我折磨得好苦哟!"丽扎结束她的话说。

布格罗夫在分手的时候同丽扎接吻,然后走出园子的旁门,不料碰见了格罗霍尔斯基,正站在旁门附近等他。

"伊凡·彼得罗维奇!"格罗霍尔斯基用奄奄一息的人的声调说,"我全听见,全看见了。……这种事,从您那方面来讲,是不正派的,不过我不怪您。……您也爱她。……可是您要明白:她是我的!我的!我缺了她就活不下去!这您怎么就不明白呢?好,就算您爱她,您痛苦吧,可是,难道我没有付出代价,多多少少补偿您的痛苦吗?看在上帝面上,您走吧!看在上帝面上,您走吧!您永远离开此地吧。我求求您!要不然您就会送掉我的命。……"

"我没有地方可去。"布格罗夫闷声闷气地嘟哝一句。

"嗯。……您已经把钱都花光了。……您是个大手大脚的人。……嗯,好吧。……您到切尔尼戈夫省我的庄园上去吧。……愿意去吗?我把那个庄园送给您就是。……那庄园小,不过很好。我说实话,很好!"

布格罗夫畅快地微笑了。他忽然感到他到了七重天上。

"我送给您就是。……今天我就给庄园上的管事写信,托他办妥地契过户的手续。您逢人就说您买下了那块地。……您走吧!我求求您!"

"好。……我走。……我明白。"

"我们去找个公证人。……现在就去。"格罗霍尔斯基高兴起来,说道,然后就去吩咐人把马车备好。

第二天傍晚,丽扎坐在通常跟伊凡·彼得罗维奇相会的长椅上,不料格罗霍尔斯基悄悄地走到她跟前来。他在她身旁坐下,拉住她的手。

"你闷得慌吗,丽扎?"他略微沉默一下,就开口说,"你烦闷吗?我们何不坐上马车出去玩玩呢?我们何必老是坐在家里?应该坐车出去,快活一下,同外人来往来往。……不是应该这样吗?"

"我什么也不需要。"丽扎说。她脸色发白,面容消瘦,瞧了瞧小路,平时布格罗夫就是顺着那条路走到她这儿来的。

格罗霍尔斯基沉思不语。他知道她在等谁,她需要什么。

"我们回家去吧,丽扎,"他说,"这儿潮湿。……"

"你去吧。……我等一会儿就来。"

格罗霍尔斯基又沉思了。

"你在等他吧?"他问,脸上现出一副苦相,好像有一把烧红的钳子夹住他的心似的。

"是的。……我想把一双小袜子托他交给米舒特卡。……"

"他不会来了。"

"你怎么知道?"

"他走了。……"

丽扎瞪大眼睛。……

"他走了。……到切尔尼戈夫省去了。我把我的庄园送给他了。……"

丽扎顿时脸色白得吓人。她怕跌倒,就抓住格罗霍尔斯基的肩膀。

"我把他送上轮船了。……那是下午三点钟。……"

丽扎忽然抱住头,身子扭动着,倒在长椅上,四肢颤抖。

"万尼亚!"她哭叫道,"万尼亚!我也去,万尼亚!……亲人呀!"

她歇斯底里发作了。……

从这天傍晚起一直到七月止,在别墅住客们常常散步的园子里,可以看见两个影子。那两个影子一天到晚走来走去,弄得别墅住客们很扫兴。丽扎的影子后面,紧跟着格罗霍尔斯基的影子,一步也不放松。我把他们叫做影子,那是因为他俩已经丧失原来的形象了。

他们面容消瘦,脸色苍白,缩起身子,与其说像活人,还不如说像影子。……两个人都憔悴不堪,好比关于售卖除蚤粉的犹太人的古典故事里的跳蚤。

食 客 集

七月初,丽扎从格罗霍尔斯基家里逃走,留下一张便条,上面写着她暂时到她的"儿子"那儿去一趟。暂时!她是夜间趁格罗霍尔斯基睡熟的时候逃走的。

格罗霍尔斯基看完她的信,有整整一个星期像疯子似的绕着别墅走来走去,既不吃饭,也不睡觉。八月间,他得了回归热,九月间就到国外去了。在国外他开始灌酒。他打算在美酒和放荡当中寻求安慰。他把他的家产全部荡尽,然而他,可怜人,仍然没能把他所爱的、生着小猫脸的女人的形象从他头脑里赶出去。人们不会幸福得死掉,也不会不幸得死掉。格罗霍尔斯基头发变得花白,可是没死。他一直活到现在。他从国外回来,就去"探望一下"丽扎。布格罗夫张开怀抱迎接他,留他在家里做客,而且没有确定的期限。他一直到现在还在布格罗夫的家里做客。……

今年我有机会路过格罗霍烈夫卡,也就是布格罗夫的庄园。我正碰上主人们在用晚饭。伊凡·彼得罗维奇见到我,高兴极了,开始招待我。他发胖了,皮肤有点松弛。他的脸跟先前一样饱满,油亮,红润。他头顶还没秃。丽扎也发胖了。她一胖就不好看了。她的小脸开始失去猫的模样,而且,唉! 近似海豹的脸了。她的脸胖得往上,往外,往两旁铺展开来。布格罗夫夫妇生活得很好。他们样样东西都有很多。他们家里满是仆人和吃食。

我们吃晚饭的时候,开始谈天。我忘了丽扎不会弹琴,却要求她弹个什么曲子。

"她不会弹琴!"布格罗夫说,"她不是玩乐器的人。……喂! 有人吗? 伊凡! 你去把格利果利·瓦西里耶维奇叫来! 他在那儿干什么?"然后,布格罗夫扭过头来对着我,接着说,"玩乐器的人马上就来了。……他会弹六弦琴。这架钢琴,我们是留着供米舒特卡用的,我们叫他学钢琴。……"

大约过了五分钟,格罗霍尔斯基走进大厅里来,睡眼惺忪,头发没有梳好,胡子也没刮。……他走进来,对我鞠躬,然后在一旁坐下。

"喂,谁那么早就上床睡觉?"布格罗夫扭过头去对他说,"你这个人是怎么回事,老兄! 老是睡觉,老是睡觉。……成了睡觉迷了! 好,给我们弹个快活点的曲子吧。……"

格罗霍尔斯基调好六弦琴的琴音,边弹边唱道:

昨天我等着一个朋友……

我耳朵听着歌,眼睛瞧着布格罗夫的饱足的脸,心里暗想:"下流相!"我不由得想哭一场。……格罗霍尔斯基唱完歌,对我们鞠躬,走出去了。

"我拿他怎么办呢?"布格罗夫等他走后,对我说,"他真叫我没法子! 白天,他老是想心事,想个没完。……到了晚上就哼哼唧唧。……他睡着了,可还是哼哼唧唧,唉声叹气。……他必是得了什么病。……究竟该拿他怎么办,我这脑筋就是想不出辙来! 他闹得人没法睡觉。……我生怕他发疯。人家会以为他在我们这儿生活得不好……其实有哪点儿不好呢。他跟我们一块儿吃,跟我们一块儿喝。……只是我们不给他钱。……给了他钱,他就拿去买酒喝,要不然就胡乱送给人家。……反正这又是我的一个累赘!主啊,宽恕我这个有罪的人吧。"

他们留下我在这儿过夜。第二天早晨我醒来,布格罗夫正在隔壁房间里教训一个什么人说:

"俗语说的好:你叫傻瓜祷告上帝,他就在地板上把脑门子磕破!喏,谁会把船桨涂上绿漆呢?你想想看,你这脑袋瓜子!你来说说这个理!你干吗不吭声啊?"

"我……我……做错了……"一个沙哑的男高音分辩说。

那个男高音就是格罗霍尔斯基的声音。

格罗霍尔斯基送我到火车站去。

"他是暴君,是霸王,"他一路上对我小声讲道,"他是个慷慨的人,然而是霸王!他的心灵也罢,头脑也罢,都没受过好教养。……他折磨我!要不是那个高尚的女人在这儿,我早就从他这儿走掉了。我不忍心把她丢在这儿。两个人受苦总比一个人受苦好过些。"

格罗霍尔斯基叹口气,接着说:

"她怀孕了。……您看出来了吗?实际上,那是我的孩子。……我的,先生。……她走后,不久就明白她犯了错误,就又委身于我了。她受不了他。……"

"您是草包!"我忍不住对格罗霍尔斯基说。

"是的,我是个性格软弱的人。……这都说的对。我天生就是这样。您知道我是怎么生出来的?我那去世的父亲狠命地欺压过一个品位低微的小文官。欺压得好厉害!简直毒害了他的生活!嗯。……我那去世的妈妈却心肠慈悲,出身于平民,是个小市民。……她出于怜悯心,就不管三七二十一跟小文官接近。……好。……我就生出来了。……我是受欺压的人的儿子。……那我怎么会有坚强的性格呢?哪儿会有呢?

不过,第二遍铃声响了。……再见!请您再到我们这儿来,不过我对您讲到伊凡·彼得罗维奇的那些话,您可别告诉他!"

我握一下格罗霍尔斯基的手,跳上火车。他对着我的车厢鞠躬,然后走到一个盛着水的小木桶那儿去。看来,他口渴了。……

识别上方二维码

免费收听契诃夫小说精彩片段